野想到

李進文

好評推薦

從《微意思》到《野想到》，李進文系列小品已融合詩、散文、極短篇、禪公案，難以界定，也無需界定。

他對文字極深摯的愛，從日常的刷牙、洗臉中，從陽光，馬路，蝸牛，月光，花朵，高跟鞋，蘆葦叢，蜜，隨手摭拾，隨處放送，世間所有，都是文字，都是句子，都是天機。他日日播種，一本會萌芽的詩集／文集。嚼著集子裡的字，詞，就能感到聖靈充滿。他輕拈數語，就叩問（答覆？）了種種種種，生命的難題。

——宇文正　作家／《聯合報》副刊組主任

詩是字數最少的文類，但卻可能讀得最慢。這麼說並非意指它的艱澀，而是因其引人反覆咀嚼、陷入沉思、或延伸想像。李進文的詩就有這般魔力，我總是享受沉浸在他對詞語文法的自由重組。最好是輕輕朗讀出聲，因為它們如此音樂。饒富爵士般的節奏，時快時慢的愉悅。同時又充滿畫面，而且是貼近生活場景的奇幻延伸。也於是，我發現它太適合隨身攜帶，在每個日常秩序的縫隙，躲著讀上一段，像是瞬間逃逸的魔法，進入自由野想的世界。

——李明璁　作家／評論家／策展人

李進文在創造一種文體，核心或許是：生活有限，但思慮和感官能不能無限？於是果物譬擬，瘦圓自在，意念靈動如即興演奏，翻換指法和眼色，弛密有度。又或許是：對「執念」產生執念，每天為

它設想一種姿勢，將過去、現在和未來錯落穿織，一念三千，他卻寧願靜靜看貓怎樣野過一扇窗。

——李蘋芬　詩人

《野想到》是語言的野放野戰，老宅新生，磨損的感覺重新抛光。日常的野地裡，靜物動物，瑣事故事短兵相接。野生詩人在宇宙客棧裡放鳥，收網，敲敲打打，動次動次，布置差遣與被差遣的快感與忙碌。當人間有事，詩人是萬事通：通往車班，噪音，灶跤，海關，一面讀經坐禪，一面鐵人三項。他說「絕不停止凝視和感覺」。撤退以後鍛鍊肌肉，令人野好想寫詩，野好想對世界嘴一嘴。

——馬翊航　詩人

野想之人渾身敏感帶：接受名詞不安分的勾引與打磨，歡迎形容詞額外的潤滑與凹凸，各種事件通過，成為敘事。腦清醒，舌醉意三分。野想之人手超長，輕易關掉太亮的月亮，還把自己和他人之間的虛線對折再對折，折學家耐繁，不耐平凡。野想之人眼神很台，胸藏明鏡，映照這個那個古典，學蜘蛛日日上網，誰敢說他已知用火？他還會灰。野想之人肚子有墨，噴出幽默。有時淘氣，有時紀律。蟬與禪俱在，閑與險皆度。也旅行，也遊行。野想之人一日四季，黑葉之前，渴望愈活愈透明。野想之人腳程快，一跨步就半輩子，身體一路馱著時間，看似家居倦眠，但一顆心纔十七歲，還眷戀著——別亂猜，野想之人的愛情是有穿衣服的。

——孫梓評

詩人

在你焦慮於工作的死線
在你憤慨於薪資的瓶頸
在你暴露於苦悶的輻射

你應該好好讀首詩
那讓人有點盼望
那讓人不那麼壞

那讓你看看自己
也許幸運的話
還看好自己

——盧建彰

作家／導演

目錄

卷一 言葉秉持

卷二 來雲吐露

卷三 月亮會煩

卷四 鬱金散策

卷五 與旺這靜

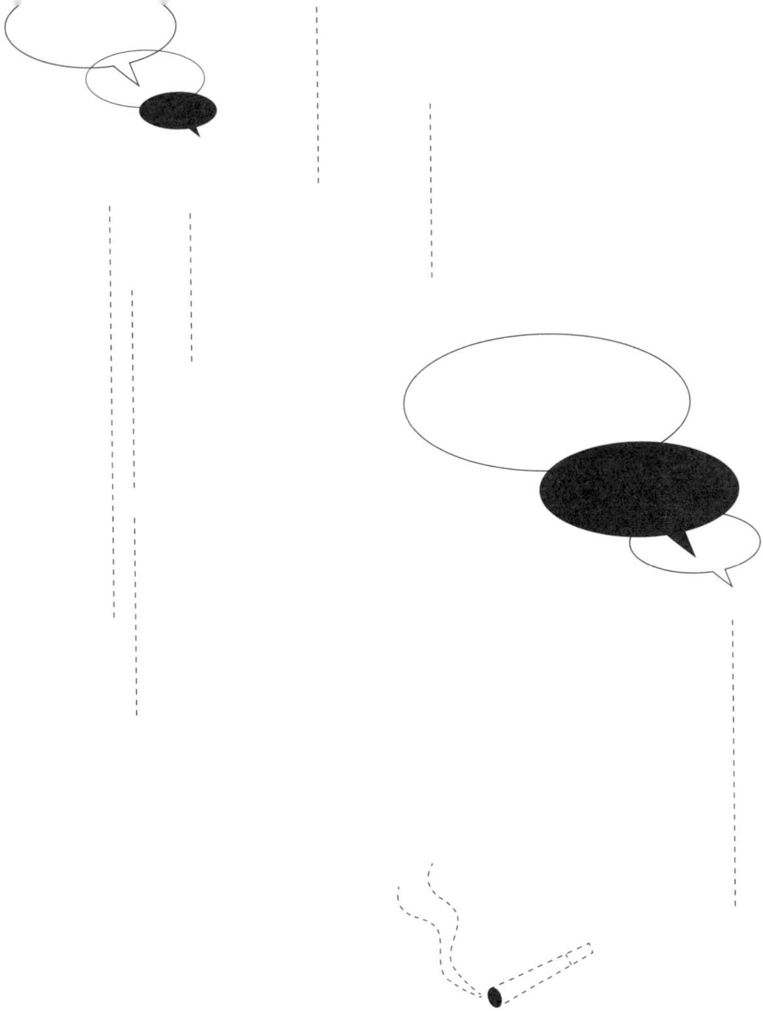

卷一

言葉秉持

狗趴在一旁聽見人的交談

「有收到我寄給你的賀卡嗎？」
「你是說那 的風啊。」
「不是。那短訊微信臉書呢？有收到吧！」
「你是說雲雀夜鶯呀都飛走三十年囉……」
「我一直祝你新年快樂都沒收到嗎？」
「你是說那片蘆葦一直枯等舟子的傻樣啊。」
「不是！我說喔你有收到我寄給你的任何東西嗎？」
「有哦一件寬鬆的春衫。」
「舒服嗎？」
「還好，還合適一首肥胖的五言絕句。」
「你聽不懂我說的？」
「懂哦你說你寂寞。」

跟骨頭講話

想畫靜物。我請骨頭站在世界的對面。
因為光線的緣故，我再請骨頭擺個動作。
「都一把老骨頭了，搔首弄姿會很嚇人耶。」
骨頭一臉蒼白，渾身關節發出酸苦的聲音。
「請你邪一點。」我對骨頭說。
「斜一點？沒問題。」
「請你狠一點。」
「橫一點？沒問題。」
「我想你聽不懂我的意思……還是請你穿上肌膚吧，表情真的很重要。」

「可否不要？」

「我堅持。」

「好……」骨頭無奈地把肌膚一片一片穿上，肌膚同時冒出該有的毛髮。

「好面熟啊。」

「就說不要穿嘛。」

「啊，這……不就是我！——我的骨、我的髮、我的膚，我的死相。」

一生無題

筆電，多肉植物，月娘，霧稀飯，一日已矣。
秋風瘦得像壁虎尖叫。
用一枚韻母接住陽臺飄來的蒼白桂花香，而朝天椒也轉紅了。
聽見夜鶯突然甜甜爆粗口。尿，急著忍讓這一聲。

阿罕布拉宮

橘子樹還在嗎，葉子們酒後還說些開朗的俚語？
那時我們自助旅行來到西班牙，陽光舉手投足都是戀人的樣子。
靜靜的獅子邊，風一吹，草尖衝刺得像鬥牛。
長裙的天空，吉他音色，槍聲裡羅卡和他的深歌在一口菸裡變灰。
宮中小瓷片細說藍白工法，說得像土生土長一樣精明。
愛漂亮的巴塞隆納奧運圖騰硬幣，二十年後變成中年那種歐圓。
那時新婚，渴望發掘比新婚更遠的舊事。
那時，未來的孩子還不知道回憶是一種長在樹上的東西。

早晨

浴室中，香皂赤裸裸地一日日把人體消磨。
讓鏡子為我擠牙膏，讓牙刷像山脈一樣奔跑，讓哈欠打開餘生。
倒影賴在茶水的樣子，像花貓抓破天空，我喜歡順勢接受失足的雲朵。
點開KKBOX，
旋律是剪刀，將聖窗透入的彩光裁一裁，就有立體的主，四處飛翔。

如是

種種譬喻，為求一花懂我；種種音聲，為求寂滅一道懂我。

百千億星河，我以一勺探求，飲之，滿口眾生，是心著染。

微塵眾不斷宣說，於意云何？一切愛，無所從來、無所從去。

信解此時、信解此刻，七月攤開薰衣草，一片金剛。

俗物論

風雅頌在跳格子，俗物或行或隨，或噓或吹，沒有特別想幹什麼。
吉事尚左，凶事尚右，俗物心中沒有左左右右在跳舞，但有高高興興在打坐。
貴以賤為本，高以下為基，俗物保持胸懷無物，不惹異物。
每天都在變小變虛的俗物，不在意萬物生長。
萬物拉著一堆意義匆匆追上來，俗物靜觀，然後攤攤手對一切生靈沒特別意見。
俗物想法很酸，像情人果，果真頓悟在芒果樹下，跟蟬一樣嚷嚷還俗。
有情也俗，像無關緊要的失物。
俗物夢想有一天進階更新成廢物，是啊，廢物有時壯麗有時神妙。
俗物態度淡薄，因為生與死之間無我。
俗物心中沒有住著小孩，日子也過得不像大人。
俗進俗退，物流配送人間，其奈俗物何？

誠徵編輯

足夠耐心看花兒慢慢開，而花落瞬間你已想到果子。
沉得住氣，把錯的人生校正；看到對的，心存懷疑。
懂得月光，比懂企畫重要；
但，懂得企畫月光，就可以打動闇黑。
動機是訓練不來的，因為那是愛與基因決定的；
若你是一個動機，千軍萬馬尋你。
編輯是一門哲學、一門統計學，加上貓的感覺。
對文字敬意，比對作者敬意重要。品質比履歷重要。
你的經驗可能與我有點雷同，譬如呼吸、譬如有笑也有嘆息；
除此之外，一本書的完成必須歷經全心全意的你。這是熱情，

熱情也會遇到冷水，你的衣服濕了、眼睛濕了，
徵求你足夠勇氣。
我需要你的作品，你說你本人就是一部作品，我需要當面讀你。
雜食很重要，為了讀者的健康。
出沒深夜或網頁，愛吃夢，最好你像一隻可愛的貘。
各書系渴望與你發生關係，若你來，是因為你相信，
相信人心凹凸不平，所以每月都要送廠裝訂。
外語當然重要，它是戀的銀鈴、異國石板路、浪或者一波波禪機，
別單單只把它視為一扇對外的窗。
多元多媒體，多多相信每個字都能練出窈窕或腹肌，讓你
讓你撞擊、用力編輯。
讀者還沒有出現，因為你還沒有出現。
可以帶兵，兵是一隊想像力。
我需要你，你不一定需要我。所以
碰碰運氣，夕陽下或許驚見海灘有人馳馬狂奔的美麗。

又歲末

寒流蒞至，在選後，在燈前
白光照亮的細節
皆我內向的灰
灰若作動詞，辭典解作燃燒

蒼天不管多麼單調
雲自己豐富
河依舊
天天奮不顧身去接住落日

以百無聊賴，賴以為生
對愛傻笑
對酒當哥，呃，歲月都是小弟
對夢只能一言以蔽之

不要成為別人說的那個意思
要自己有意思
保有心頭一個軟軟的東西
類似脣、耳根、天真，或紅柿子

香魂

春風陣陣追撞
花尖叫
牆頭草顛顛竊笑
這竊笑讓夕陽慌張而草草
給愛
一個解釋
很不好懂
很淡的香味凝望生命處境
天空比較堅定
昏鴉比較快樂
一朵鬱金香此刻
對我有什麼想法呢

花瓣以多疑的程式
巧妙徵詢
葉影彷彿游標閃爍
精神與星光並未達成共識
炊煙勒緊虛空
以暴力
一朵鬱金香如外星飛行器
來了又離去

一朵鬱金香是妳果然是妳
白霧摸亂今夜
霜害一個解釋
愛
凡是鳥提案
春風再再否決

邀請

這一路高跟鞋怎能
怎能不敲打書簡
踝鍊的字型飾物輕輕搖
路面憂鬱顛簸然而
萬物由小腿細細提升情懷
提升至頸間細紋衝刺
這麼熟悉耳鬢之謎
這麼熟悉昔我往矣
這一路高跟鞋就想
和愛情睡覺

黃石小巷左拐午後四點
少女進入聖殿
聖殿就進入少女
怎麼就把日子剪短了
這髮式西斜銳利的夕陽啊
怎能不深深茨維塔耶娃
回信給穀雨了
一天天溫暖一天天
這麼熟悉抒情
這麼熟悉落花丟下問題
轉身回家這一路高跟鞋
等待一次書簡
就歷經一次雷雨

跟櫻花

跟櫻花談一陣子
就跳到第二句
以下起霧，如果面目模糊
註定庸俗
蝴蝶打磨些字
閭靈遂有曲線燦爛
歲月反正寫什麼都會弓成幹
櫻花跺腳，抖落了追隨的粉

草尖的水珠
與牛頓還在鄉間僵持
而花瓣
紛紛走進鎖骨
剛好撞見
一瓣一瓣縫回自己的綠繡眼
成群笑笑飛過
幫助天空了解自我

勉勵

談著談著，
談出一座橋和半片背影；
在雨聲中，
你比擱淺的寂靜好，
你比騎馬而去的句子都好。
雨腳畫著小圈圈，
第四個冬天，

線香大喊狼來了！
餘音灰飛煙滅。
你比海闊綽，
你比船潦倒，
許多，
許多旗魚自心口躍出尖尖的勉勵，
在雨聲中。

開放性政治學

骨皮肉大動作論述：
杏與核
桃，以及不幸的貓薄荷
讓寂寞變硬、心尖挺
下腹川字帶動紫
苜蓿，帶動他
他雙腿跟著在星海踢水花
看起來很自然
比奶更霧，比蟬更吟
比愛更不知道。
（對～這樣、請繼續
藝術指導邊說
邊示範，記得最後
像完美的拿鐵拉花）
夜與日在洞內

交接完剩餘而凍的乳霜
雞鳴如立春，當
濕潤的清晨四點
高燒淨化灰瞳、灰夢
灰意識。
內心修持的安那其噢再次
自然反應：在
行禮如儀之後
個體互助之間
卸空銅缽一聲光
又一聲光
肉身噹噹噹。

五月二十四日

即便與水結縭，不必你同意，
輕舟迴身吻個深度，愛也曾這樣飄飄盪盪。
不必顏彩，我們只需互相成為
足夠而透明的氧氣。
周末夜是一場慶典，
我們的心扉放出一百萬隻非洲狷羚，
這也不必你同意。
桃與秋葵以舌尖冊立整片林相的緣分，
那時月光瘦瘦長長的，
晚風不拘形式地來啊、來啊
來探測這親愛與深愛。
同意或不同意終究令人厭煩。
天蠍座的八燭光底下，
我們凝視一株罌粟紅——
以耳墜子對耳根那種飛鼠的本能。

致黑名單的你

你坐在窗邊讀書，隨緣的邊緣人。
你聽著窗外老老實實的臺灣瓦，心燙一樣的紅，無一滴言語。
社區咖啡小館，你點了酸酸甜甜的水果茶，
回沖兩次以後淡淡發個私訊給老劉：「我回來了……」
你回來了？你聯合一片藍海一座雪湖和幾部耐操的情感回來了？
磨豆子的異議、詩一樣的短句，咖啡香矣。
你聽著腳踏車嘎吱嘎吱就知道一個老老實實的人於複雜之中前進。
你太脆了，身體盡是新葉，
菩提老榕白千層水黃皮都大量修剪過，跟你一樣嫩綠，
像某種信仰、某個主張。

連淡薄雲都沒的天空，就像浮世繪的臉看似沒表情其實背後變化萬千。
你回來了，以伽藍古色奔來，
穿過幾次政黨輪替，穿過最後一次文學時代，
你回來，你以精魂回來了，你傳一個民族的私訊給老劉——
你記得老劉說他回來常住在教師會館，那裡浮游群落。
立夏之風，猶若一陣奔跑的母親，正尋你，
你回來了？
你說你必須待到月嗥時，才會轉返的？
你在咖啡館等著，你得坐在窗邊才能看見島嶼有人經過邊緣。
又送一訊給老劉：「現在我不向神祈禱了，現在我不哭了，現在我幸福了。」老劉連回三個黑人問號給你。

你嘴我也嘴

「愛是什麼？」
「星座塔羅周易卜辭或鬼牌。」

「夢是什麼？」
「你都幾歲了啊。」

「理想健在嗎？」
「病人自主權利法今年上路了。」

「工作順利嗎？」
「回到石器時代。」

「青春呢？」
「搖椅上。」

武林秋風

秋風是不是只把我當普通朋友？覺得一點一滴的寒。
年底了，微修鍊、蓄丹田。
武林人獨坐深淵邊的危石，時不時的，吊在腰上的鑰匙提醒江湖，啊江湖。
那些退休的雲霧一路上山，休閒成無害的人。
武林人也曾傷過無害的人。
秋風結交武林人和非武林人，見一個結交一個；
到頭來，秋風是沒有朋友的，覺得一點一滴的冷。
武林人獨坐深淵邊的危石，危石覺得一點一滴的冰涼。
這裡是緯度高冷的地方，
武林人一生都會到此獨坐一次，武功自廢一次，唱一次武林不恥的小情歌。

憂心慇慇

1

鸛鳥和魚鷹寫字，灰面鵟順勢說出葦澤一片道理。
倒影想了又想，不如直接向水仙宣言。
樹站了那麼久，等待落葉公投，來年有個結果。

2

一座城市騎著駱駝來，暑氣逼人，
沙塵結痂，時光復原中……
楓香想了又想，唉何必擔心葉落方向。
氣味和聲音組成午後，在教堂前
廣場——鐘聲的原諒大於七十個七次，
小於白鴿一啄。

共識

鱷魚在池子裡向前命令白鷺鷥叫牠爸爸叫牠媽媽，青蛙呱呱呱。
母雞不贊成你的名，主的名也不行，迷信不行、相信更不行，公雞喔喔喔。
臺灣雲豹，你偏說是貓，反正牠們都愛孤獨，你要牠們孤獨，又要牠們不獨。
愛促成萬物邦交，猿聲啼過兩岸，逝水嘩啦啦。
來自島嶼的小孩脫手一顆白汽球，勾纏枝頭，在現實與逃離之間。
來自島嶼的小孩迷路於森林，好想回家，家裡擠滿猛禽，
猛禽啊嗚啊嗚叫你快回家，家裡有萬獸的祖宗牌位，叫你一拜再拜三拜，
並且要你研讀老大人發毛的語錄。

跟隨句子追討日子

1

想法高於降雨量，情緒暴漲。

土石流也許有它的想法；山洪脫口而出時並不知道自己會這麼殘忍。

水滴的聰慧，不敵滑石認認真真的蠢；那些先人，比倉庫笨重；

那些遺緒並沒有說出什麼產業。數字蓄著小鬍子固守嘴臉。

為何漢字的會議聽起來就是阿拉伯發音，好話壞話沙漠了文化。

好可怕的雲啊，那些表現正義的棉花和糖，充滿了齒牙。

手機獨自振動黑夜，只有地球感覺到神急迫。

私訊從從容容地霾了本來面目，初心一直叮叮叮的主動跳出提醒。

明日祈願公車速速趕往前程，縮短靠北的站、略過你廢柴搭建的大心。

死／生，並非無常，常常而已，「常常」久了，方覺無常。

「已矣」，白話解作：「罷了算了完了死了」（註：亦解作跟人生接不上話的語氣詞）。

2

面對他人之死，他簡化了大體的故事，發表時強化幽默，
以為其心晶透，卻是血絲網紅。
佛性在黑板反白，樓上不斷有人催生。
每一樁凶案或意外或壽終都虎視他，
他在暗的讚裡白目、喜樂、消費眾生或廣受消費——當他把自己寫死；
唯一復活的指尖一點，即滑過一個大千世界，一點一點指望活下去。

3

有人極樂地告訴我，星雲團是一本書，但不可解釋。
塵埃、氫、氦氣聚合在一起討論某個方案關於
宇宙如何推廣西方、推廣東方。

意義學

他正在講授心靈課程（窗外一隻鳥追問一隻鳥）
我低頭把玩一縷呼吸

他引導活著的意義（意義留守括弧，它的上限很自由、下限很兇）
我是晴天裡唯一諾諾請雨入座的人

他說要先愛自己（神在天堂冒汗換新鎖，我聽見內心的鏽蝕活潑生動）
我聞到鄰坐的依蘭香
香味放慢舔著疲弱而無處可逃的靈糧

他說要先讓自己發光（白雲正彈一曲舒伯特，藍色是舞伴）
我的心跳在每個太陽穴開槍
只有鐘聲遠遠、終至無語地躲過一劫

他說要自我和解（空間是一隻惡犬追逐存在）
我在椅子上挪一下臀部又老了一些
我決定回家後要快樂
因為他說放下，我就沒有把自我帶回家了

他說溝通（連月亮對我都有語言障礙了）
我開始對困惑輕聲細語並且安頓好一次隱藏版的成功與痛

他說最難的是意願（從隧道裡駛出的動機極為悲傷）
我想到在盡頭等我的一定還有死亡之外的什麼

花的選舉日

今天起，花瓣接受蜂來蜂去，花魂卸下濃蜜，接受蝴蝶路過。
好香啊，那是心。那是心慢騰騰活在風中。
花用自己的方式香，別人捕風，花捉獨影。
花的名字不是花自己取的，花語也不是自己花掉的心情。
仍有花選擇不香，活好活滿而已，墜落只為讓自己剛剛好。
一陣一陣晨霧像民意調查，花間集裡抽樣一枝草一點露和三闕小令，
或濃或淡的仿宋電話詞語，以根以莖對比，美是一種統計，
搖旗或搖曳是一種數據，而已而已。
花香投票的方式是中間游離的，沒有固定的方向。
年復一年，四季複製貼上罷了，露珠能解決花粉的不理性嗎？

你落葉幾多？你如果是瘋瘋顛顛一棵樹就故意堂堂正正著吧？

花落，天和地拉鋸的結果。

一群白鷺鷥和一隻器重天候的風見雞遠遠叫花——

花聽不見。花香能傳多遠，靠的是嗅覺，不是風。

花蓮

收集四散飄零的個性，
磨損、破傷，那些不能持久的個性。
個性灌注我的身體。
於是，身體比想法上升幾公分，靈氣三三兩兩徘徊，
一口花蓮薯瀰漫。

香氛只願梳理回頭的岸。

謝罪的落瓣，轉身果然笑了。
葉在展開法庭，有一些起訴，兩隻烏鴉辯論正義。

寂寞和孤獨不同，各有攻防，
好，下次開庭改作開花。

每個車站都會收到無法久站的腳步聲。
客觀的火車心中有一排最想刪去的景觀。
過一些彎，想起悲傷。

斜影以最好的角度判斷我走歪了，
清風在兩袖放出野獸，
我以為武俠中的暗器都是這樣窮途末路。

我自花蓮返來，把一首詩插入松濤。
若改日我回花蓮取酒，酒已忘我。

禱詞

主啊，
自由太皮了，讓它直接到我的泥土打混吧，
既然愛了就包容了別人說髒。
主啊，
請讓我荒廢時間去培育每一個字，
字長好翅膀的時刻，我抬頭，
請讓我看懂彩虹為何對天空彎腰，
請讓我曉得天堂為何掛出「查無此人」的牌子，

請讓我
切換使用者；
累了的午夜，
以你的名登入，重新投胎的感覺。
主啊，
如果你更新或升級要記得打個電話，
我們仰望神靈，
但是仰賴科技。

醉掉的人

或許這樣，即便那樣，
你還好嗎？
你是一個短句失敗於長長的蘆葦叢，
你是小舟以槳打贏漣漪，
你是風跌倒了，
你是田田、你是荷，
你是謎也是睡過頭的豬形撲滿，
你還好嗎？
或許這樣，即便那樣，
你是各種小孩的嘴型、各種母親的手部，

你是正在剁一片天空的髒話，
你還好嗎？
你是聖誕節前夕騎著一匹塵埃的月光，
叮叮噹的煙花放慢了，
而心急了，
雪很抱歉地成為人形了，
你是鐘聲追丟的人，
你在聖誕樹掛上小燈和閃爍言辭，
你是全心全意、也是拉不開的抽屜，
你還好嗎？
或許這樣，即便那樣，
那樣好嗎？

布朗尼

你以高中生的方式摔青春
不然你
可以不要十七歲嗎
星星點開你
榛果一樣心碎的你
你解釋憂鬱時像一口巧克力
不然你要我怎樣形容我愛你

瞬目視伊

伊搖樹，
粗葉嫩葉救救一些蝴蝶蛹，
蛹透天光，似微笑。
伊在水湄，
水在高處是平的，
水在低處是平的，
老和尚繼續刨亮他的禪說諢語以供眾生參一參。
伊在水涘，
伊是一瞬。伊喔伊
以眼聞聲，以無情說。
風雲常在動用中，伊仰臉若有所視。

宮崎駿記錄

他抓了抓白髮，氣到了：「靈感哪兒去了！
太麻煩，靈感太麻煩了！」他繼續對付麻煩。
他沒有泛螢光的朋友可以討論，於是
獨自外出散步，走在流雲以下雜草之上，
偶爾敲敲彩虹，雨滴和指望還在不在？
他感情的髭或許素直嚴苛，一路上
女孩們指甲塗了時尚血色，懷中各擁一隻
外太空寵物對他微笑，「怎麼看待自己？
只要努力就對得起？」他又抓了抓稿紙白的
髮若有所思，「太麻煩了，人間哀一次存在，就自損一次。」走著走著「一個人的意義，在於他如何被世間使用？」他老了依然凹凸不平，像山勢一大早起伏。晨光的色澤透露肩胛骨、拉麵或殘月，他想到時光，他飄雪，雪花的品性影響大地。

唯蟲能蟲

秋色剛剛穿越內容，燥動、鬱鬱，早晚心涼。
已熟悉花說了什麼，落葉衝撞了什麼。
下午，植物飽讀光源，風推行半生，
打算、也許不打算成為耐活的晚霞，
而晚霞陪伴辛苦的湖，
一漣漪又一漣漪地寫著岸、寫著葦澤思慮。

群青色

樸素的礦苗愛著、研磨著那種寧靜，反抗前的寧靜，
不快樂亦不絕望。
宗教透進昏迷的岩石，石縫抽長一株星辰花，莊敬自強的香，伸向朋友。
夜鷺遞給草尖一襲狂言，用情投入，用笑放寬，
世界抱膝坐在臺下，拍手或拿螢光棒恰恰恰地敲。
樸素的礦苗愛著、研磨著那種寧靜，反抗前的寧靜，是什麼顏色？
沒有什麼可以鎮壓的是什麼顏色呀？
是天然的、是強韌的礦苗秉燭佇立於群島間無有倦色。
多想跟地下幽冥報告近期某些情況，關於
人生，我們無話可說的時刻。

簡化長夜

禱告之時、撥念珠之時，
不時有「夠了」的聲音來自鐵肺。

夠了的海豚音，是黃色的
封條撕開航道，我進入不知道，

進入迷惑，才正式為人，
……為人，為解惑。

你不回答時，充滿楚辭；
我的問，也就天問。

你錯了，
神的哀傷，屢屢在人間復活。

恐怖情人

我已經和你一起逛過靜夜和動脈了。
你已經和他結婚了。
我已經寫詩給你了。
你已經原諒詩而其餘就不原諒了。
我已經走了。
你已經看著我走了、我消失了，
你快樂了（你已經將你墓碑上的名字刮除，再陰刻我的名字、再狠狠燙金箔，
讓我很閃很俗、很明顯被念。）

敘事

流浪貓在廢物堆裡獨自玩轉一座地球儀，牠忽然一躍，就登機了，飛到蚤大的天國，那裡有很多流浪人，被貓愛護。

・

跑了一大段路，歷經荒原和狂喜，詩才懂得換氣；繼續呼吸，繼續跑，直到世界的盡頭減輕一個人。

・

火車預測後天有一本書翻落軌道，字句了斷，而成詩。

・

書冊肅立，時而躁動，想著那人曾經開闊如展卷、曾經針痛般疾書，而今躺下了；躺下的，讀來死硬。——手機悚然振動，未顯示來電，我猜又是那隻老靈魂。

・樓梯間，陌生鬼正在向上，跟你一樣努力，爬回墓室。

・下班後，你打開家門投入沙潑，不蟲、也不蝴蝶，只為一日結繭。

・推窗，一切讓耳朵風涼的小話，四處高興。

出差北京三言兩語

．途經芍藥居，地鐵每個人都擠瘦了，只有口音珠圓玉潤。

．法國梧桐葉大、銀杏葉小，都綠著臉，車堵得沒大沒小。

．二環、三環、五六環，環環即环环，环环賭氣看作坏坏。

．胡同背後還有胡同，一門心思踩過菸蒂，略有秋意。

．又是胡同，輪椅上老大爺曬著太陽，看護者用心照顧手機，老磚牆一格一格是慢性病的藥。

．北京的市花：月季——別名「瘦客」，瘦客自綻自凋謝。

溽暑

陽光招搖，馬路輕浮，樓房爭先恐後一副沒禮貌的樣子。
像人的狗吠聲在車陣中蒸發。
YouBike 單車整排，橘頌似的微笑被手鐐腳銬，於路邊火刑。
樹根以十倍的陰險渴求大地，水是逃無可逃了。
困獸般的國家一頭熱，人民紛紛宅在家也一樣是困獸。
單隻襪子在沙發上健全地靜著，
也想著生命是一條街一條街編織起來的另一隻襪子。
穿襪、穿鞋迎向外面虛空。
兩岸高漲至頸間，稠稠的，黏黏的。
很多蚊蚋用小小的身體誇大一滴血。

中秋

兔子跳跳跳是月光快樂的樣子，快樂的樣子是搗藥痛痛的杵子。
愛過的樣子烤肉似的。
沾醬，滴淚似的；碳火旁的手機震震，煙尖叫似的。
今晚你人間瘦瘦而非天上圓圓的樣子。
飛機緩緩降落松山的樣子感性多了，因為磨擦多了枯葉選擇離開跑道，
鳥朋友也離開跑道，以防危險。
你的樣子秋分，愛與恨等長了。

字在陰翳

疏影茫茫動搖，我亮著，整夜明顯，或許等閒。
風們請勿在我胸懷搗衣，擔心著床前明月嚇光。
趨近甲骨，刀刻來日，或有吉凶，
史前一躍而下的那詞彙，平躺瓷磚上感情如今涼涼。
自古愛你，
讓你的疼痛解釋生命吧，
直到微曦——請鬼為你出門拿藥單，
鬼拜別、淡出，終究沒回來，
也沒想為誰投胎。

杯盤狼藉的節慶

燭光凝視被炊煙鞭著的鹿，鹿鳴呦呦。（水槽有碗，缺口無聲。）
秒針踮腳走過雪面，遇見黑熊一般大的祈福。
鐘聲愈想愈深，像一口井。（水槽有筷，心中叉叉。）
和紗窗打成一片的天體累了，累了星星就別再健行吧。
禮物查無此人，遂駕著鹿奔出我家門。（水槽有渣，抹布已老。）
虎斑貓伸伸懶腰，舔了一年未剪的爪，渾身氣質散發大麻。

憂鬱競賽項目

「憂鬱掐著秒針的細脖子摔角，無法呼吸，猛拍鐘面提醒裁判。」

「鐵餅和鏈球項目我輸了，憂鬱輕巧旋轉，我凌空重摔。」

「憂鬱如體操，分為韻律和競技，在最心軟的場地。」

「擊劍和射箭，憂鬱一直是金牌，年紀輕輕成名甚早。」

「舉重，憂鬱最擅長。武術，憂鬱經常自傷。」

「憂鬱穿上紅色溜冰鞋競速，快樂被甩到最後一名。」

「憂鬱讓我溺水，蝶式我直接棄權。」

「跳水，因為憂鬱，水壓像懊悔集中我，我等待浮力。」

「一百公尺有十秒的極樂，憂鬱專擅馬拉松。」

「乒乓球，憂鬱來來回回。高爾夫球從天空鳥瞰大片慘綠。」

「球類很多，憂鬱被拍下去總是彈回來。」

「憂鬱今天贏了，它更快、更高、更遠了。」

「憂鬱上臺領獎，整座八百萬人的場地像巨大黑洞靜悄悄。」

「憂鬱終於意識到自己的憂鬱，我也就不算輸了。」

致你

你穿上蝴蝶就開始花了，蜜的身體是好看的句子。
你語彙明亮得像螳螂大眼睛。
你的唇是石磨，我是小米機，
聽覺漿白著液晶，顯示你腰身是一把劍，握住就流血。
你和小塵埃一起過著偉大的日子。
將你鎚得跟感情一樣薄，火花的聲音如同蚱蜢蹦蹦跳跳消失了。

改善

從五十返回到某個一，許多眸，飛向搖籃，一隻手輕推記憶。
淡淡的心，日常微弱。
下午的蟬，閒在肋骨上，肉身很近、很玄，像碗的陶胚。
金星被一顆露打擊！本質傾斜了。我仍愛你，你睡了沒？
靈魂向西降落，野獸在心中寫信給雨林。

天堂打滑

接到雨滴扔過來一個答案，我以為碎了就應該會痛，但只是涼涼的。
雨滴認領一個人，很瘦很瘦的一個人，歲月的失物。
雨滴如果可以控制墜落的速度，就表示自己還不夠快。
如果用我家的雨，敲打你家屋頂，你會有共鳴嗎？
那樣潮溼啊，就怕天堂打滑，再次撞壞世間。

一人

你生活地點，擇於星象之間，飛馬座緊挨著心，夜夜斟酌，有美一人。
空氣接待你，你回饋以人形：神色秋香，微笑其濛，姿態零雨。
你的問候真是荒野。臨風獵獵之髮，灰狼追逐白兔。
你刮除語字的銅綠然後說「我願意為你開花」就凋落了。
凋落了，你會喜歡我的土？

輕拈數語

「你站在無花果底下，我就看見你了。」

「既已看見，我偕主前去。」

「你信嗎？」

「絕對的信，絕對的不信，皆得自由。」

「松鼠藏納堅果的地方太多了，如果松鼠忘記某處，最差的情況是某處就長出核桃樹。」

「我偕主前去核桃樹底下。」

「你怎能信我的話？」

「因著你在微笑。」

「我不是微笑，我是花。」

雨天寫信給你

我是逗點睡在一封信，
若你剛好對折到我，就會聽見種子破土。
不刻意的好或不好，這幾日，
這幾日飛過一些畫面：雨是名嘴，烏雲按著天空一直轉台，
語言不是鸚鵡、語言生而火焰死為灰。
玄黃之燈把窗口濃縮，括號住了我，我是逗點而已只為停頓沒特別意義啊，
寂靜這麼奢華地裝飾身體，身體裝飾了時光。
閃電以九頭身現形，卻有雷的菸嗓……

不要讓我們陷入試探，

外頭所有的屋子正涉水而來，萬物在宇宙間埋頭苦幹——

這是有關島嶼近日一些情況，還有討論一把水果刀。

渡鴉的凝視穿透窗、穿透括號，命中了我（啊你至今寫了些什麼？）

老派劇情的作用是放空，不要你感動，

我把自己擺進一封信，你只會讀到一枚大得像暗夜路燈的逗點，

最後，我以粉身碎骨的雨聲致上謝忱。

卷二

來雲吐露

詩集

播種完一本會萌芽的詩集，他腰酸背痛，於是，他去操場跑步。

跑到第二十六圈時，他喘咻咻抬頭看雲，看雲福福泰泰在天上散步，雲影不知不覺就想出一群更好的野鴿子和更好的比喻。

跑到第三十圈，汗滴在身體打字，有一種抒情風。

他看到操場努力長草，一顆籃球突然跑來蹂躪草，他想到扉頁有一枚唇印，像蘆葦叢間的落日，司令台上國旗飄飄，他想到晚餐就蛋炒九層塔吧。

他邊跑邊想到，日日播種一本會萌芽的詩集，就像夜夜走私軍火。

辦公室車站

辦公室裡靜悄悄，每個人堅守自己的位子，在三面隔板（Partition）之間，為了工作和不為人知的理由。

一早，打卡後，開電腦，世界迎面打招呼且跨出螢幕坐下來陪我。有時我會打破沉默問世界幾句：「喝口水嗎？上廁所嗎？待會兒午餐吃什麼？」大多時候我們各做各的事，世界鎮日做的事只是用食指撥著地球自轉、推著地球公轉，像小孩獨自在玩耍。

隔板之間，堆積很多東西，有趣無趣、有形無形、夢與非夢，我和同事各安居其中，做一些該或不該的事。

傍晚六點，我按下辦公桌底下的開關，三面隔板之間出現一道向下的電扶梯，我揹起棕色帆布背包，直接搭電扶梯下班。

座位，即是車站。其他人下班的動作跟我一樣。辦公室在下班時刻變成車站大廳，也會有女聲廣播：「各位旅客，搭電扶梯時，請注意您腳下的深淵，我們即將前往地獄。」

陛下請淡定

朝廷如秋葉飄墜，臣惶恐。陛下請淡定，塵土對於浩蕩聖恩是領受的，叛軍在經濟不景氣時盜了些倉廩，那也是對公理應盡的禮節。

臣謹遵聖意，後宮如暗香遺散，宦官解除心計。百姓的長照計畫，雖有陰影參與，陛下請淡定，安心日光浴，皮膚曬紅了就看不出窘態。年金改革或落日長河，大漠孤煙直接明白那是景色，不是用來解渴。

臣惶恐，小人變大，臣瞻前顧後，難逃一死，就陛下一紙詔書，歲月把未來流放得更荒蕪，命運是我的妾，妻只一個，她在故鄉菊花圃等待微臣。株連九族的事，植物懂得，那是很久以前的事，意思跟債留子孫一樣。

陛下，這些年來臣始終不怒不言，因為寂寞是我的社稷。

去做些風吹過的事

蘆葦和夕照坐在湖邊會議，寒鴉們默默做事，孤舟打橫寂靜，蟲鳴唧唧是業務，鳥蹤沒有結論，但始終消逝在牠們信仰的方向。今天一條荒徑隨緣深入我，直達胸襟斷崖，景觀豁然——是啊春天就要有草莽的姿態，去去，去做些風吹過的事、去做些曠野的事，該你的，恰巧是你該成為的。即便世界是錯的，我們也學一朵小花笑笑的。

隨緣幻現

被黑的狀態，微軟正黑體以光的方式走來，優雅地發文唉居。

在唉居，皺紋和白髮一概不修圖，若有進步的老態就高高興興上傳，對於我的真實，有人送來一顆大心，我隔空取下。

一陣心跳的燈，夜夜不想靠近誰的臉，臉都離開現實太久了無有大家風範的大哭大笑，如是恐怖。一切劫，來自於在意。你是哪位啊、我是誰啊，我們都太瞎了。天地容身，幹嘛唉居。

「唉居更新後就變成這樣，沒辦法正常顯示生命的所在。」乾脆將自己卸下，安頓在比較遠的地方，拎一手黑麥啤酒獨自喝起來。任憑小貓們以小死亡上網，牠們罣礙，或想不開，在黑與被黑狀態。唉居，不如隨喜關機。

窗口在莒光島

從窗口看出去，遠方的廟那麼小，但心中有神大大。

從窗口看出去，是海、是山，藍的和綠的都對不起島。

窗口看我，看我抓著「哀鳳」在拍，窗口的光像舌舔過來，我有鹹鹹的感覺。

我正打算把頭探入窗口，一隻蚊子叮嚀我這樣不好，我撓搔手臂，紅紅的腫，像太陽一樣心癢。

窗口外，很遠很遠的濤聲，我勺起濤聲，喝了，心就雄壯威武起來，但很快我又像風一樣軟軟的。

我退後兩步三步，用「哀鳳」再拍一次窗口，窗口忍不住開口：「你是疲倦的，如果你一直拍一直拍，你只會變成愈來愈大的檔案，像歲數一樣不知如何是好。」

你是最靜的

你是最靜的，最靜的臺灣款，你的愛百年不變地強調小吃多好而人情味多便宜，如今齒牙和信心都在動搖了。

我們初識在三十多年前，你會寫婆娑的字語給我，你用海洋呼叫，你用三輪車搖晃晨霧和豆漿，你用整個少年在戲棚下等我，並且撿了戲服的亮片和微笑的珠子。

你是最靜的，最靜的臺灣款，你轉身將窗扉一推就是民國幾年幾月，滄桑的雲搖椅著年輕的天。

從前從前你不輕易低頭，即便認錯，也只是望向堅毅的遠方。那時市廛和鄉里都緩慢，土地善於守候，老樹和綠風握手一起感覺時光搖晃、一起用力蟬鳴。很多蜻蜓在湖面投信，冬天和春天是老老實實的筆友。

早期的母親不必叮嚀什麼，而你也就懂得什麼才叫長大成人。

很有事

蝸牛在門板上慢慢等待成一枚鏽鎖。

沒人知道夏日和燥熱的你，就在門內。門內廢柴旁的青蛙構想著生命高度，

跳一下，再跳一下，沒有跳過不快樂。

殺害你的那東西像教堂鐘聲遠遠的卻清晰的……。睡在你垂死袖口的風雨，

終於說出一二三四五六七把劍。

就偵辦到這樣了，月光使盡蠻力也只能弄彎一縷七里香。

你要好好的

時速一朵蒲公英，追呀追，對你的微笑大聲說你好青翠。不管你的音調多纖細都有恐龍可愛可愛踏在心頭的分量。花一個下午勸南風逃走時不該撞飛你美美的遮陽帽。你淡淡的，恰是深深的時刻。今日將盡，你淺淺一口晚安，明天就一定承諾有光。

芒種

蟬聲教導一隻野花貓如何穿鞋，牠卻轉身趿一地鳳凰花瓣巡視校區，校工一人獨立天地之間對著園圃灑淨水，喵地打聲招呼，正乾旱時下課鐘響起，鐘聲愈想愈深，像學問。沒有一個學童被教室釋出。

商業

墓碑深夜上線，拍賣掉一些骨、髮、指甲以及姣好的聊齋，為了養育乾旱的雜草。那些深夜的下單者，有的來自星星，有的住在蟲洞或今世的隔壁，物流業勤勤懇懇穿越荒原與古棧，使命必達。萬籟疲倦的靜靜交易中，鬼的尷尬是，嚇一個人，旁邊還站著一個人鬼叫。

文字

文字挪來前額，撫著前額……睡了嗎？這親愛而古老的意義。你猜到文字的靈魂嗎？我在文字裡舀水喝，於夏日，閒坐十個筆畫間，風動蘆葦，夕陽沉醉腦波。鏡子以峭壁映照一尊爵的醉態，餘生搖晃，充滿江月。

東坡

簡古淡泊的，所謂夜，不是死去的黑，是墨，勻勻磨，像慢慢生活。雲天書法，筆畫中松香自骨髓深遠而去，待透出肌膚已行過寂寞上億。憂愁是一條說服自己的捷徑，他向來不這麼走的。

東坡上一場宋朝大雪歷九百年迄於台北融解，這是全面的夏天，水喊渴。

荒野一人，牽老驢獨立枯樹下讀碑，桑滄那種美，不是一件容易的事。

從鬧了鬼的明月小樓墜地而亡的繡帕，意外流出松墨香，剛剛凌空抛下的弧度，如蕭散斧劈皴，他是摩羯心性，飄泊八州。而我沿州追索，時光倒退，如果沒有詩就沒有記憶，沿著赤壁，沿著朝雲，沿著起伏的爪牙，來到九百年前那場大雪，已輕薄如紙。

愈來愈少

雜念是一群野兔，夕陽紅蘿蔔。想多寫點什麼，我愈來愈少了。都靜下來的時候，聆夜察色，一片甜甜陰影與小燈過從甚密，冷淡了我。月光不夭，微弱微疼。至今從容些些，看狐狸掛靴而去、看瓶花桔梗如僧帽。

樹蔭

從伊甸園出發的底格里斯和幼發拉底河流經一大片樹蔭。植物都是跨世代的，然而它們卻靜靜佇立、時時刻刻成長更新，做一些搖曳的事、做一些向上向下爭扎的事，全心守候人類一世代又一世代從樹蔭下路過、綠騎士和獨步的狼自樹蔭下路過；下午的蘇格拉底在樹蔭下待過、希達多和果陀也待過。古波斯向晚深思一片樹蔭而後起身告別。

樹葉以百科全書投映湖面，年輪在這麼多鏡子裡收到很多複製的心涼。樹蔭中，熱帶鳥鳴大到像一座劇院，尼羅河和亞馬遜河相加的夕陽，世界和世界相乘的葉數，沒有條約在樹幹上和金甲蟲爭論，沒有任何工作需要進行的樹蔭就像太空艦靜靜航行在軌道上，樹蔭增加下午長度，擴大微風懶散。

醉中

感覺跟圈圈漸遠而我還寫著漣漪，一直寫到岸邊給水黽微微訊息；感覺漸老而花語總是犀利，沒有對不起，只有早起，嚴格的鳥從來對蟲子沒興趣，只為了在晨光中聽第一顆露釋懷尖叫。突然押著韻，像押著罪犯，詩不是這樣的，詩是民初的藍衫子杏黃裙，微風拍打又拍打著。感覺跟你漸漸疏遠，而你以鍵盤敲打又敲打我，我只是聲音不是你的意義。再喝一杯高粱培養感覺，感覺回到十七歲，那時不懂歲月，也不容易醉。

這讓我感到舒服

釘子敲進想法，只有一些殿後的天使追隨靈魂飄出來，我的頭頂從此有一個小洞，洞緣積苔，蚊子渴了會來轆轆汲血，夢杵在一旁嗡嗡。亞熱帶髮叢裡奔跑著猴年馬月，我腦袋輕輕搖晃，充滿逝水。想法垂死前，比狗多搖一次尾巴。唉如今，沒有比勇氣的迷戀更美德，夜鶯不知道，這讓我感到舒服。

會議中，只討論窗外

山和下午準備一起對天空血腥。時間：斜陽外。

幽靈之樹預計還擊了，影影綽綽成立指揮部。我能微風些什麼？我能搖曳些什麼？數星星、目測光年，我心方圓不過七里香。

癢從宇宙深處一口氣跳蚤開了，鬍子不知道指甲驃悍地長出來了。手機在飛航模式中領悟如露亦如電耗盡，抹香鯨那麼大的寂寞躍出胸襟。

損益

坐在被人生準備好的位子上，日日有些業務報表可讀，財會方面，我的盈餘是我正在老去的部分，一輩子要怎麼核算呢？損益的平衡最好趨近於身而為人，但很難，經常被歲月虧，只有窗口黃鸝懶懶的幾句回嘴。

浮雲來不及為我準備富貴，議題灰灰，我下雨了，願景穿上黃雨衣白雨鞋走在條文和欄目之間，花草以紅以綠滋長，大數據以小孩奔向母親的速度行進……突然我是一枚純淨的詞語掉在桌子底下被口沫圍毆。

古都

從前的膠卷、影帶，到中年嚴重耗損、劣化。這些年進行修補、調整色溫，一連串的數位化作業，日日進行，已修復的部分因為過於較真，反而遺失了我的粗礪、年輕瘋狂的色偏。

影像提前晚景，庭前櫻樹身上刻畫一枝箭，指向室內榻榻米的觀點，小津和服微風樣，小火與茶互遞一盞夕陽。雪在松尖說了一些話，有時不說，只是融化。

夏夜

又是紅酒盛開的一夜，昏昏中嗔罵芭蕉，幾支團扇還在加班，小暑閒閒有汗顏，熒火與枯骨繼續對白。這隻蚊子的史觀只有一口血，後來被時間打死。

·

如果我是古籍就好了，書背穿線時偷掛六只銀耳環。偏偏身體很快膠裝完成，彩印套色一向對不準。星星讀書不多只愛閃爍，海經常超過六七百頁或八百一千頁，厚重，精裝了藍，翻動如掀被，難以入睡。

任何

任何一滴汗比任何一則私訊率先跑到終點。不開地球，夏天只限本人，本人到傳統市場——最近木瓜太便宜以至於我開始對太甜的事懷疑，最近芒果香蕉大舉出閘如猛虎與豹，最近大量西瓜露出更多紅肉傷口，最近菠蘿無量念經，最近葡萄串街說冷暖。閒觀資訊，那是種種果汁而已。

像一個小人

一排語系把島練出一坨一坨肌肉，彩虹拱起，這是基本動作，神話不熱身就容易受傷。雲一直在等，一直不上公車。你說你該回山裡去了。臨走，你大方送我送得很遼闊，我愈走愈遠的背影像一個小人。

青春

我不希望你的快樂踢到門檻痛著進家門，我不希望你的憂鬱如門邊的甕中浮萍。我們聽的蟬是同一隻，我們的耳朵一樣都開花，我們不像佛陀淌著莊嚴的汗，我們只是猛然一起活超過。

尋人啟事

我的四月三月都在尋人，尋更早更早的人，比第一道陽光起床早，比遠山刷牙早，比早安或我愛你說出還早。我在尋更古更古的人，那人擅長的事情正好是人類失落的美、語言和技藝，一路尋到二月一月，再過去就要往回跨年，煙火僵在天空，一跨過去就爆炸，但往事全不精彩，我總是在尋人，那人跟我一樣迷失了。

情緒問題

月光考古回來，渾身樓窗……安息吧夜鶯，像什麼，並不能使你是什麼。快樂只是一次擦撞，小車禍……安息吧夜鶯，你有投保意外險嗎？平安只是婉轉赴死的灰燼，並不能使線香高興。善待悲傷，不悲傷了等同怠慢。

不再不再

文字一天天變暖，個性一天天肥沃，有些尖角不再快樂也就不再傷人，情不自禁地敲打一封植滿白楊的信，在沙漠邊陲或心之央，很久以前我也曾是一兩滴莽撞的墨汁，讓稿紙一下子高興地瞪大了瞳。文字一天天耿直，信念一天天鬆弛，有些炸藥不再爆破也就不再論戰，山不再跑遠了只能靜靜地陪養鐵杉和落葉松。停下來跟地球寒暄就知道我不再公轉自轉，從此永晝，熾熱如焚。剛好的人生，不夠精彩、不夠悲哀。

也不是快樂的事

如何的日子，請勿擔心肉身，你只是一個狀態。請說——要有光，再說一次，鸚鵡就瞧不起你了。許多往事像蜥蜴在岩石上曬太陽，靜得像死了卻突然動了動轉頭看向深處——菸斗刁著一縷文青。憂鬱是一種習慣，改變它也不是快樂的事。

新神

自從神在樹上結巢，天空萎頓於泥地，海遠走腦海……神也會像原始的物種自樹上爬下來，以祂枯槁的手和透明的腳。祂把一個人又一個人撿進口袋並順手捏碎成肉桂。

逞凶鬥狠的月光來了，器械正在茁長且瀰漫花香。此刻，我開始結交石頭學習圓融，我自肩頭將昨日如同獵鷹般放飛，漸漸感覺——光線的樣子跟恩惠一樣、跟自由不同。我站在神的身邊，支持祂重新做人。然而，祂對我成為改朝換代的新神，報以最大的同情。

不會成為世界已經成為的

三月開始我不再是你習以為常的我，我會走到你背後扯下影子，種植夕暮成菊；三月開始我不再是書本的樣子，我是翻開的土地，我是你所發現的字根字義和某個形聲新芽，你怎會以為我是你認為的呢？我更不會成為世界已經成為的。

從今以後我會在捷運上處理長長的詩句日復一日，我能擁有的是寂靜與空氣，我會細細辨視裙襬、瀏海、背包扣位置、香，以及人生進出車廂的餘味，複製一切意象到檔案內，而我就這樣捧著一個骨灰級的檔案坐在淺藍之上，初春的水聲搖晃初老。

茄萣．白砂崙漁港

應該要有一道竹編的拱橋跨過港口才對呀，童年搖搖晃晃吱吱嘎嘎上橋去。那時下午很長，把倒影釣上來，又放生，直到晚霞涼了。

舢船滿載著迷失的一切方向歸來。當年大海濤濤，獨缺小子壯懷。我一個人站在拱橋獨唱三面沙丘一面海的校歌。

如果在烏魚季，船遠遠插著檳榔紅的旗訊，嘟嘟嘟馬達訴說冬日米酒的孤寂；那拱橋不見了數十年。

從砂崙國小到漁港，途中經過曹老師薛老師的家、經過八歲、中年、老狗和麻將聲，往回走就是白雲村了，許多廟泛著微笑，許多落日返鄉。

眼前

我還有書沒看完，就緊抓雨絲往天上爬，我會冷，我會跟著斷掉、摔落，一頭撞破眼前的書。

我還有書沒看完，本來我是櫻花落的節奏，只為了幾個字想深些、想長些，就這麼停留在去年的雨聲。

圍巾在頸上鬧著，暖爐散發貓的氣息，菸頭在夜空翻了幾個筋斗，就到一年的盡頭，我還有書沒看完。

質數53

我在天空耙梳祈禱句，我在雲間鑿除舊日和仙蹤，我自神話引渠灌溉。天空是我能力所及的地方。

我要在這地方種出100以內的質數二十五株，在博愛的空氣中，2與97的除法一樣，比較多並沒有比較高興，我最喜歡53這個質數於是將它移植到雨的範圍，樹立自己的天命，它長大後提供貓頭鷹一份除不盡的職業。

而我的成果是，所有的句點都上樹了，圓融飽滿，金閣寺如果可以撞球，心中都是小鹿。沒有句點的文字，只算一條河。

摘下句點釀幾甕會飛的酒。沒事的日子，我勸窗子淺酌遠方，我把旁門左道的註解都移到正午。入夜後我走進妳肩胛小徑，過橋又是日出。

平安

在神粗略的筆記裡，你今天平安。

神突然向人間的你飛奔而來，像愛情那樣急切。到底怎麼回事呢？——神在特定的節日，隨機選擇成為一個平凡人，「現在，這個平凡人向你飛奔而來。」你準備迎向前去，給神大大一次擁抱。

神卻轉彎！衣袂甩出一些星星，像煞車的火花。祂落地變成一個面無表情的年輕人，平凡的年輕人今天平安，謹言慎行，上班下班，為錢焦慮，卻忘了自己曾經是神。

天晚了

很多無趣的事，不去注意就偷偷長壯，你說壯了就成意義。
天晚了，想死一些詩句。
你獨立斷橋，欣賞世界失足，但這樣一個夜平平安安，很可惜什麼也沒發生。
你蹲下，在斷橋擺好一個句點，等待它慢慢上升為一個有品德的月亮，冷風一陣
一陣追過去，就到歲末了。
你已經是下個世紀的古人了。
天晚了，我正在調整胸懷，用十字架把靈魂豎直，卻又輕輕歪向念頭。
天晚了，你離開斷橋，牽著一隻無趣的黑狗。點亮的地方就是燙傷的地方。
你也晚了，剩些微光能少想就少想一點吧。

太魯閣

沿山路而上，霧打了一個空洞的手勢，懸浮的山嵐好像下一瞬要掉進心中了。少年少女跳舞，微笑拋來拋去，汗水一點一滴鍛鍊山神。

這些高大的山，傍晚跳舞，深夜乘船出去，天亮帶回彩虹。山並不想了解什麼，它們移動自己，大塊大塊地移動，在人們不知道的空間，山也回家過年。

人們覺得在山中可以得到平靜。可是這些年心靈快閃如獮猴，山一直在等自己平靜。「山沒有笑過一次。」至少我沒看過。山在等，不耐煩時就有暴風雨，瀑布奔下，滿懷宣洩。蝙蝠洞內，倒吊無數心思。

西莒

退潮時，禮拜一也拜請退去，藍而懶地退去，然後沙灘裸露胸口，心事強風中。
燕鷗有燕鷗自己梳理東北季風的方式，唯有一艘船在瞳仁中猛虎般忐忑。

天空老是淡淡的，雲不必用力就懂得；岬角皆警句，被砲聲長遠記住了。

當你好不容易在碉堡小窗鎖定消滅的對象，海豚跳出來強調自己不是共匪，是回憶。

溼地

野鴨的日期，冬雨近來軟弱。而紅柿，點亮那些鬱黑的幹。流域安頓岸邊人家，而我彎彎曲曲，只剩我一個人溼地。楊柳委屈，船行順順理解，一條河的腰力無法拉縴一畝陽光以及萬噸月影。魚戲魚鉤、魚戲蓮荷，譬若世俗鬧扯。請漣漪我，請輕輕浮動我一個人的江湖。

愛

自從吃了彩虹，他身上開始浮現各種顏色。他的想法也多彩多姿，八萬四千個念頭有八萬四千種顏色。夜夜他一個人靜靜坐在案前觀看一缽水，水紋都是顏色，像一群鯉魚在雜念中衝刺。他的老去是一種一種顏色消逝，粉紅、紅、橙、黃、綠、青綠、靛青和紫羅蘭……直到無色，此刻不是空，是充滿。

工作

一小朵雲癱在椅子，想法充滿飄泊。一旁的手機自己跟自己著急，而空杯猜想火星人此刻在做什麼呢？還愛著嗎？你多麼活潑、多麼錦簇的分與秒。

三月，春天就要有春天的格調。

蝶對蝶，匪懈地提案：會議中要胸懷大志，像花開。

坐在對面的小窗低頭滑藍天，瀏覽一對喜鵲，牠們在枝頭培養最好的懶散。

一陣風選擇

九樓的一陣風跳下並掠過八樓面無表情的窗口，一陣風沒有繼續往下墜，接近七樓時扭身往陽臺外秋天的山飄去，就忽然有了金剛一瞬的念頭。

一個章節又一個章節翻閱肉身，人生消瘦那麼多……來世就請多吃微光、多喝孤影，務必注重長眠的品質。唉，與你明明只隔一句，靈魂已通篇雜草。

銀杏與米羅

前往佛寺的道路兩側都是深秋的銀杏，小圓果成熟，葉轉黃，屬於某種古代的、懸念的黃。

遇見正好在散步的米羅，他說：「即使一棵樹也可以是神話……」銀杏聽米羅說話，風拉長尾音成漢字筆畫，陽光以加泰隆尼亞舞步迎面前來。

米羅拾起幾片銀杏夾在手中的《星宿詩集》，他後面跟著一群古怪的生物以象形符號吹起嗩吶，嗩吶聲後面跟著女人和小鳥們。

米羅回到畫室繼續工作，他在素描簿畫上最後一道地平線，線上立著一棵符號似的金黃銀杏，「為何不是畫你最愛的角豆樹呢？」米羅抽著菸斗，淡淡回說：「銀杏簡約，愈少則愈多……它很原始，靈魂樸素。」

漸晚，霧的容積像母親一樣盛滿所有名叫米羅的小孩，嬉笑聲劇烈搖晃——我和星星因此破碎。

那年教育

第一次坐機場捷運線，去是紫色直達，回來試試普通，普通是藍的。

跟高三女兒坐機捷，想像這是在升學的路上，高架有點搖晃，也有人被晃醒直接坐到機場航廈站起飛而去，像琉璃鳥。

機捷站體與車廂以紫藍色琉璃鳥為意象，琉璃鳥正確叫做「臺灣紫嘯鶇」，鳴聲「嘰——嘰——」很淒厲，像車體轉彎煞車、像教育政策。

A7體育大學站A8長庚醫院站……走到志清湖，湖中央有小廟福德正神對我笑，裊著細細煙，紅面番鴨和鴿子又奔又飛，有亂、有臺灣的樣子。

湖畔青草地有舒服攤開的陽光，宜野宴，有人或坐、或直接躺下來；今天清明節假期，也是為紀念終於躺下的人。

跟高三女兒坐機捷，順便帶了自家手作的櫻花鹽漬海苔飯糰，倒也不是為了春郊。

總之，陽光好得像十八歲。我們走很多路，路一無困惑地向我們走來走來。

這是四月，流蘇似雪，而櫻花漸謝，新芽正盛，沒有一片落葉應該抱怨。

機捷沿線，經過山，桐花未開，空氣充滿綠。

一葦如之

凍結的河面，滑冰的人也是寫字的人，霧非霧地篆入深情，筆勁狼煙。河面下凍著人與人的零下關係。有人乘狗橇前來鑿洞垂釣，冰層堅忍，底下魚們鼓著鰓開心還是不開心？茫茫中釣者像一枚漏寫的字，不在篇章，卻在冰上。

臨河的部落位在東北方，那兒雲朵用很長的時間睡覺，山張開斷掌，獸毛泛綠光，窗口吊著雪地紅柿的沉思，初春三月，心凍或者旗凍，佛不動。

滑冰的人，向著下游河口，忽然縱身——啊那是，那是一莖蘆葦——它航於空氣，重新下載了達摩。

厭之卷

愛，這個字有十億次搜尋結果、恨有二十億，百千億劫都是這樣好奇交叉搜尋的；對愛恨倦了，佛就是這樣興旺的，就像背後的大數據，也是劫。

慈悲，是慈的意思，裡頭有悲。來去，是去的意思，裡頭有來。你我，既不是你也不是我，是他，只有他才能同時看到你我。或許倦了你我來去慈悲，是倦了，但不可饒了。

六年級畢業前夕

蟬聲：——紅沙鈴～沙鈴沙鈴、靛靛淡去長笛、烏克麗麗弦外之音淺綠慘綠、白花花心思三角鐵、橘鋼琴噙著教室一角淚滴、可是可是定音鼓揍得正午發出金色長號——稍歇……久久等不到掌聲。驪歌是胖，音階喘，青青校樹在一旁緊張拭汗。最後，微風獨奏一把小提醒：五四三年級解散，畢業生留步，並請檢查再檢查——世界上樹蔭下，又發現了七八九十隻新蟬。

投下一票

一個世界和一聲嘆息。我投給嘆息一票，至少感覺呼吸還在。

一座島嶼和一句荒煙中的碑銘。我投給碑銘一票，至少發音聽起來像悲憫。

一道晚霞和一碗南瓜湯。我投給南瓜一票，至少它有童話。

風和落葉。我投給落葉一票，落葉拋給土地答案，風只會不停地質詢。

愛和疲倦。我投給疲倦一票，因為愛是疲倦的，不是候選人的。

鄉間吊佇灶跤的雞

拄欲睏去的時陣，灶跤外面的桂花，一寡仔芳味雄雄撞蹛心肝，遐爾仔疼，親像時間。

八月啊，淡薄仔記智覕佇秋夜，偷偷看阮青驚。

灶跤內面，紅吱吱的壁磚，親像阮紅吱吱的身軀佮心情；中秋暝，親情五十攏回來圍爐團圓，

阮煞欲相辭，今後無法度擱再負責喔喔喔叫醒明仔日的天光。

月娘也青驚，目睭金金看著阮的命。

父親節

前述人生，譬喻太多，不如簡單一朵花謝。

多所形容，都是敗筆，句點也想有意義，何況是結束你。

不記得你有過這種節日，鄉間老派討海人，海是一份藍莓奶油蛋糕，船是一根一根蠟燭，狂風吹，有人真的熄了。

靈魂設定在傍晚，趕一頭太陽過臺灣。晚霞如內衣，終將脫去。夜來了，來得那麼努力。

節日總要蛋糕吧，蛋與麵粉有協議，楓糖也有規勸水的比例，按照步驟就能送進心中高溫烤，火化時你為何不能變成蛋糕？

寓言

藍襯衫黃卡其褲的曠野，襲一身胡楊的野風，他們來參加天下盛宴的虛空。渾沌旋然蒞至，頸間披一條蒼龍，於席間無所為而為的舉止庶幾高深，又，倏忽魄散。好壯麗啊，剩下野風獨對曠野，沙塵以大自然又大自在的說法，條理一隻蠍子、一個莊子。

骷髏

高原黃沙中一顆千年骷髏，紅蟻自眼窟悠閒緩步而出，紅蟻回眸道：「我要離開了，別太想我。」骷髏說：「你終於明白，愛要行動。」紅蟻說：「我離開了，你就空了，不擔心嗎？需要我為你做些什麼嗎？」骷髏正色說：「若果你回來就幫我帶回皮肉和髮膚吧！」「你還需要這些？」「用來嚇嚇旅人，好玩嘛。」「要這樣搞？」「唉再也沒有旅人懂得安心把一顆骷髏當枕頭了，這世道才嚇人。」

一個疲倦的男人

春寒二月，風中一個疲倦的男人，他信手將飄散的身體一塊一塊抓回，堆在眼下，
他察覺：髮已是父親晚年的髮，骨是母親更年期的骨，膚是父親捕魚回來的海，
肉是母親挑過的磚，而四周皆是一個疲倦男人跳梁的年紀和年紀，年紀喘咻咻。
「已經愈活愈接近父親母親了，」他邊想邊走進室內，點線香、奉好茶，默立神
龕前良久，「連神情也愈來愈像了，」終於認親似的。一個加班回來的疲倦的男
人，被子女隔離於房間之外，養老在沙發之上，他獨自翻讀偌大空間，遂有一些
微小的意義發出紙質聲響，不久之後就靜了，像他父親母親一樣打起瞌睡。

如今看來

沿著心上跑步，無關緊要的事紛紛掉葉。這是河堤的冬天，紛紛逝去的，如今看來，每一個日子都還好，當時如果多懷疑一下、草率一下更好。

沿著心上跑步，冷雨再冷也有自己想成為的樣子。

敬邀風吹，河堤上，傘只是想開花，並非壞掉。

傍晚

傍晚涼涼地剝開這輩子，橘瓣似的一片片，不常覺得自己多汁，但心中保存微糖。

夢想偶爾還是會從手機螢幕跳出來，像廣告，令人不耐，又覺得它的一廂情願也算痴得可愛。

沒有孤獨的時間，怎算是時間呢？一生有多少回憶值得我一個人靜靜傻笑？

無法成為

我無法成為那種。譬如椅子為何陪伴桌子，椅子知道那人一直坐著的樣子是不得已的。

我無法成為那種。譬如鍵盤為何一直傾聽手指，而手指活著只為了螢幕前那個陌生人自顧自地傾訴。

我無法成為那種。譬如杯子忍受酒被脣帶走，杯子自己空了的時候，才發現透明了。

政治

蔬菜迎面徒手接下一刀一刀，刀有微詞，這些白綠交織的招式失傳於武林久矣，有薄霧與雞鳴交錯的綿密，力道幾乎世道。

剛剛小吵過的肉末忽然改變身段，在油中唱戲一般，對白與武打火熱、勇於挑戰鍋鏟，遂有香，跟所有訴求一樣讓人流口水。

青蔥的理念之前爆過了，社會瀰漫重口味。

米粒不是正在隱忍就是正在隱居，世事膨脹在電鍋壓力中，稻浪彈過牙床就是故里；土地自己想了很多，想起蔬果、想起菜蟲，也會想起人民劬勞在野。

自陽臺剪下朝天椒，蔬菜想聽辣一點的話術，椒身在肉末與蔬菜間，有時害羞於辛辣的舌戰。

請你請你

請你接住我，如同接住雨。謝謝你的苦心，如同銀杏。請你培養小偷，偷走菌一般歲月，乾淨我思維。請你與我分別，重新朝向一朵小悲小喜的小花靠近。請風抬著亂髮在八荒九垓行吟，步步逼你深刻。請你寫一本月光，當作國民基本知識。請你吞下夜涼，成為名正言順的臺灣角鴞。請框我，小窗我，你會看見我心掛在一面土牆，明顯的舊情懷。請你尋找，尋找一口氣，一口氣妖姬又妖姬，死纏真理。

成為各處

我在這裡，你在遠方另一個屋子、待會兒你打算外出摸熟另一段人生。

做一個自己以外的人；擴充一具上蒼限定的身體；打開市場飛出一隻猛禽而不是尋常一隻鳥；試穿的商業，有時太平洋一樣寬、有時海峽一樣窄，裝束成沒有金錢概念的浪人。

你已經在那裡，勢必以保暖為前題，浮雲世事不必勉強自己勇敢。

還是有掉髮的問題、憂鬱和失眠的問題，還是有歷史上重覆的那些事。還是有我，我在這裡，不管你在哪裡。

趁你還能走，趁遠方對你還有感情，趁時間尚餘些些可以受傷也足夠療傷，快走快快走，不要為我在這裡，要為自己成為各處。

我一個人的勞動基準法

石器時代到數位時代，詩是我一個人的勞基法。之所以不標示第幾章第幾條的數字，就是要我自己發展想像力，詩無法明確規定。施行細則死後才會公布。沒有資方，只有勞方，而且責任制。職業災害補償，無。退休金，無。我一個人的勞基法適用於一切童工，總則裡有說寫詩愈早愈好且未訂下限。休息和休假，無。勞動契約跟勞動部無關，跟大地有關，跟白雲寫字在心頭有關。

當我漸漸老

寒露還在戶外猶疑，秋風矮了進來，混進歲數，室內有骨頭的聲響悄悄浸潤四壁。

當我漸漸老，才開始規定：整理好自己才出門。不談當年。閒話不做家常。散步不走捷徑。不再引喻落葉和月亮。不再靠腰放下，容許彎腰拾起。經常修剪頭髮，以免撩亂方向。數星星時用躺的，不必委曲硬頸。

當我漸漸老，偶爾也經過年輕。

卷三

月亮會煩

我去念經了

肉身漸涼，心是草草的稿，我也想把社會寫好，但他們都去競選了，不在我的字數中。

南無南無，是敬謹的意思，無處皈依的無量虛詞，無所掛礙的舍利級話術。政見資訊滑著體態說愛你、說恨你，我把手機放下，該念經了。

我去念經了，寒露寫一篇黃色針葉，刪去滿地松果，兩雙鷗鳥經過無邊的香水海，以及腦海。

半橢圓的水晶紙鎮放大一個字、扭曲半個人、凹凸一本經摺。

名所繪

樹上長出一把一把扇子，搧啊搧，夕陽漸涼，滿天熠熠雲母，樹下老派時光趿着木屐經過，踢嗒踢嗒……遠去啊瘦峻峻遠去的樹影是斷食修行者。

樹上長出一匹一匹的染布，繪師坐櫻樹下，江戶蚱蜢淺草綠，天涯廣重藍。

樹上長出一張一張的帆，空氣青青綠綠地衝浪，富士山腰佩雙刀，武士過橋，雨絲搖晃，古今對照。

樹上長出僧人一枝棲一枝，風吹西遊前，把東方留下。

本質

在快樂的人之中，邊緣人就是那個笑得最大聲的人，是萬籟夕幕忽然亮了一下的小東西。

在放下的人之中，受苦的人是最輕、最淡的人，飄浮於晨霧，於誦經翻頁時以雪崩方式想開了。

在寫詩的人之中，頸椎毛病、失眠問題、不景氣和憂鬱，導致寫詩的人變成斷句，句和句高低嚷嚷骨子瘦、肌肉無力。

什麼樣的

什麼樣的髮型可以讓日子變短？什麼樣的頭可以讓地球歪脖子看夕陽？什麼樣的風可以讓裙襬折服？什麼樣的我們舌頭勾結舌頭，如同郵票背面，愛可以很黏，也可以寄很遠，遠到無言。

日日鍛鍊

遠雷滾滾，草木言語皆兵，那是一個時代的責備。我們日日鍛鍊，讓聽覺磊落，讓眼神閃電。當——雨靜下來，觸摸時間如同觸摸青瓷上的濕氣，而窈窈青山傳來木魚聲懂懂懂……我也就無知了。

動物性大雨

大雨突然咆哮而來的時刻，城市奔竄著許多人：疲倦的人、傷心的人、絕情的人、孤獨的人、厭世的人……這時刻才發現會驚慌的，全是人，全是以不快樂的腳步奔竄的人。那些貓野過了、那些狗流浪慣了，對雨淡然，牠們以安詳看待飆罵似的傾盆大雨，以恬靜惜愛著那些被大雨擊潰的人。大雨落在貓狗身上，牠們不失態、不張皇地緩緩走著該走的路。

大雨突然咆哮而來的時刻，城市從來不缺的是平常人，平常人多得像滿山坡的牲口，嚼同樣的草，低同樣的頭，猛禽性大雨咬不死什麼的時候也就心累了。

禪詩

下午，窗外蟬嘶不絕，諸佛室內圍坐，祂們正在評審「禪詩徵文」。

「把我們說得太玄了，我們全是公案。」

「把我們寫得像不食人間煙火啊～」

「這篇他講我們是空，那我們嚴嚴實實坐在這裡評詩喝咖啡感覺挺怪的唷。」

「這些寫木魚梵唄菩提金剛涅槃的，也還不錯，文字美，刻意了些，是徵獎競賽老手的樣子。」

「我們就打分數吧，人間不知道我們向來是不討論的，而是直接決定命運。」

料理壞天氣

摩羯愈來愈靠近時，大雨就論文一般將我註解，小心，準確，活在邊緣。為了不再煩悶，我把烏雲一塊一塊收進屋內，料理台上烏雲加點水果酵母，揉啊，待一小時發酵，再揉再揍，推進烤箱，出爐時整個天空在烤盤上暑氣蒸騰，妹妹搶先咬一口：

「口感怎樣？」

「雷聲與核桃……麥、烏鴉交響於舌蕾，澤間野禽搏水漫開……」

「具體滋味如何？」

「就像隨筆一般般。」

轉眼，低氣壓已經籠罩全臺灣。

又到了菜市場時間

星期六，蟬，傳統，以及幽魂，沒有一樣是杜撰的。種種回憶在市場攤子，三把五十元。種種生活在攤子，不是很好的感覺一斤也要六七十塊，歐巴桑皺眉抱怨貴，她再三調整顫顫肥腰，又要蔥又要辣椒。影子拖行菜籃，一攤又一攤，到達肉攤，排隊的身體都有用途，煎炸炒烤滷的想法沒有一片雲；到達蔬果攤，看起來疲弱，失根的感覺。大熱天有一種追悼意味，為那些離開土地的生靈冒汗；中元普渡就在這個月了，「兄弟再忍忍！」一旁的幽魂好好對我說。

多關照

入夜後在操場跑步，三千公尺起，才感覺進入了蒙田隨筆：氣候鬆了，無類型、無規範體例，愈跑愈接近七夕。

中間幾圈汗水七手八腳，胸有糾結，但很快，月光來了，月光什麼都可以解開，不論門鎖或者鄉愁。

涼意中，野獸派出一群輕狂的年少心跳，金蹄矯健，往事隨風獵獵。遽然微風轉向普普風，在通俗的夜晚往深處跑去，老實說，跑到此刻我已沒有狀態，一個影平均彈奏另一個影，神魂放空，只餘——夜露思苦。

人家情詩是怎麼寫的

讀完了世界情詩，精疲力竭，口乾舌燥，說不出：我愛你。
比起廢話連篇的智者，我太少了，少於一秒、少於一聲灰、少於一根蟋蟀鬚。
我太少了以至於觸摸不到自己、自己的多心。
我伸手探進情詩裡攪一攪，世界浮出一具具裸體，對誰喊救命。
日日我更少更少，變成空氣，抱住你。

情詩注

大好晴天，我一個人在家懶得動，大半天呆呆望著陽臺與客廳間的落地玻璃門，打從過年後就沒擦過，這期間還經歷三次像愛情一樣的颱風。起身，決定好好擦玻璃。——陽光撞過來，我想起你。塵世撞過來，我想起你。一隻蒼蠅以及隨後一對白頭翁撞過來，我想起你。客廳裡的大寂靜撞出去，我想起你。盈室興旺的種種嘆息撞出去，我想起你。撞來撞去的過程，玻璃心一片澄明，而我破碎了。

為你調色

天空方寸，對雲寬大。測量一朵雲，必須小心翼翼，星象水逆中，請留意禱詞、3C和思念，這些容易反射天光的東西會割傷雲影。

深秋的飛機遠遠滑過臺灣，我心中也有些徘徊的東西。奢想著什麼的蒼鷹，俯瞰款款埋沒在地球的旅人（他們靜靜流逝）。念念如劫，涼露請度我。

遠天柔藍，近日淡靛，心生一抹松煙淺蔥色、藕荷乳，色色游移人世間。

傍晚時分了，橘與黃之間心機重重的山吹色，然後天空漸次混融著後宮粉、妃紅、淺燕脂、小豆色、撫子色、鐵銹、灰青、蒼青、群青、麴塵、礦紫、祕色……隨即躍出月影白，對夜傾訴。沒有比靜靜投入夜中更好的了，沒有比看不到我更好的了……。萬念如騁，天涯請度我。

不成哭亦不成笑的鐘聲鑄成木犀香或大錯。

眾神差遣黃葉去深秋那裡——常駐憂思；泥地至今仍想為落花翻身。

夜深沉，月亮有金婦羅那種詐，起鍋心脆。萬念匪懈，彈牙的空氣請度我。

一朵雲準確目測天下孤孤單單一個人。

哦一個人，舉杯致敬鴿子與踱步、致敬廣場與路過、致敬警醒或者普希金。

拴住情況好好做活

微曦，凡俗早起，心無懸疑，微風獨自向亂髮說情，隨它去。田圃裡乳霧井然呼出深意，土地竟然涓涓懂了。以鋤弄鬆每日與每日阡陌之間。蒲公英被當成野草拔除時，薑在旁邊拳拳想些什麼？田圃雜栽其他蔬菜，蔥蒜蘿蔔絲瓜韭菜甘藍……每一株植物都是另一株植物正在發生的一部分。如果陽光陪伴我一整天，月亮今晚會問我什麼呢？午時蟬聲挪至老茄苳，我在樹下打開葫蘆，將水水的名字搖一搖變成另一個人、另一種酒。偶然，偶然的憂鬱像一輛敞篷車精工而高貴地駛過田圃之外、心之外。

翻譯妳

朗誦給薰衣草，朗誦給紫薇，妳一邊斟酌譯文一邊香，斟酌伊莉莎白·碧許，以及心內雨季。妳正在研磨一個字，一個標點，斷句在恩慈、分段在樂觀之處。碧許跟妳一樣已經在另一個世界，而妳的髮活活潑潑尚未全白。妳靜觀毫末，聽星星的話，妳在幾個意象間盤球似的，妳在水漾的韻腳植蓮花。妳跟碧許交談，談半畝蜀葵，談一片唐菖蒲。那樣旋轉的夜空，那樣在詩的草坪，小蚱蜢小螞蟻費心於小花小草小日子。妳思考根莖的傳承，在大子夜，獵戶座射下一顆心，正好掉落在教室，黑板上停著一隻白粉蝶，下一秒也跟著妳飛到另一個世界。

古籍

閑觀資訊，那是逝水。沉香輕撫智識，螢火蟲盈盈於指尖穿梭微笑，一笑千古。

翻動星夜，如掀被，有一種意義寤寐思服，求之不得。

閑觀資訊，那是逝水。別在雜音中擊壞，月亮會煩。巫者靜坐，偶爾回神以一個表情符號敲人，顯示古井與心口之間往往一句堪忍，就一生了。

母親節

我和國家獨處，國家像母親一樣，屬於我一個人的。早上，我去市場不知要買給她白色或粉紅色的康乃馨？很多人只在這一天安排跟國家吃頓飯，國家今天很溫馨，也很擠，到處都是祝她快樂的聲音。

新聞報導，總統在母親節外出參加一些軟性活動、唸一些關心庶民的稿子，他把自己的國家留在老邁的總統府。

我和國家獨處，她是屬於我一個人的國家——她說：「沒有更好的命運，這一輩子就這樣了。」國家很擔心我和我的下一代及下下一代的命運。

我跟國家住在一座島嶼，五月，我早早就提醒她「母親節到了，我們應該、也一定要外出吃飯慶祝，因為大家都這麼過節日的呀。」我很害怕她有一天死了，畢竟她已經超過一百歲。國家沉著母性溫柔的嗓音緩緩說：「我不餓，但咱們還是外出吃飯去吧……要不然大家會以為你沒有國家。」

各種的雨，初夏

1 雨定義

下雨時青草提出一些想法，雨聲重點安置在我心古老的地方——那地方，鋼鐵履帶憂憂鬱鬱輾過青草的祖先，道義上，綠色總要慎終追遠地大叫，像胡馬蒼茫大叫。

後來只要一遇上我心有戰事，青草就撤退到莫札特的指尖，旋律瘋長，愛如亂髮，宇宙處於失聰狀態，因而流星更敏銳，人間更苦。

巷口的臺灣土狗一身玄色僧立在雨棚下，目送公車……雨定義了一位夜晚撐傘提著家樂福袋子的婦人。公車體內空蕩蕩又亮堂堂，幽幽靈靈的感覺，它載著融融漾漾的體積，前往更巨大的深夜。

2　雨希望

希望戒掉說「對不起」，常對自己說「謝謝你」。／希望雨後的太陽依舊長得像湯圓，滿臉努力高興。／希望日子簡潔，如孤煙。／希望「愛」，不再只是硬邦邦一個字，而是液態。／希望雨天偶爾照照鏡子，讓我反映生命點滴。

3　你相信哀愁嗎

整場雨，有舊書鉛字的心情。
雨滴笑了一星期，就躺在大地心碎。你相信哀愁嗎？
哀愁是忍不住的一道閃電。
你的愛，瞬間爆亮且有焦味。
呵，天雨路滑，世界一再趕路哪有不跌倒的。

4　挺住

捷運上，陌生人毛孔冒出初夏幼芽，拉環下我直立成樹，蟬在腋窩喘，葉自有搖擺的心事，向下一站、下下一站，人與人擠出嗶嗶聲。

五千年前，我身體的衣料觸及亞麻質星空，我心偶爾暗，而腦門上一盞篝火，像遠古述說。

出捷運，點點滴滴撐起一把花傘，以為一個人挺住天空的陰險。

雨休息的時候，誤以為是愛情。

5　五臟都是馬蹄

傾聽他人，聽見雨聲……潮溼劇烈，雨向下尊敬人間，用全心全意的墜落；而我羞赧地積極向上，鍵盤複印雨聲，五臟都是馬蹄，字偶爾閃電，大多晦暗。

沒有人知道夜在孤獨甚麼，明明桌燈還亮著。

眼睛從書本奔騰遠去，濺溼社會，渴望封底一輪上弦月，於人海中遼闊。

粗略深圳

飛簷下，燕雀崛起，光陰是富二代，浪費得很快。

不斷抽高樓、不斷挖路翻身（翻身，是一條路名，與其交會的是創業路），行色匆匆的種種理由，然而「別急著地大物博，喝口茶吧！」巷弄扯嗓說。

風霾的夕陽笑裡藏刀，窮熱鬧的人並不看重高級車奔向何方，也不看重天氣或天意，眉目挑著經濟。

我的體內蜂擁很多假日踩街的外地人——當我走在俗稱的內地，幾個億的人同一時間擠進回憶把傷口撐大了。

陪虛空而來的灰，胸懷青瓷，亮而脆的意念，安慰慘綠——啊，那麼耐摔的春風，因著芽尖正怒。花叢和蟬，好像吾鄉大甲媽祖進香團那樣的熱鬧。

「在這城市，用細節走路是不會快樂的，」你說，「活著，粗略就好，不深不淺，隨緣盡分。」

用我的名字，呼喚我

我是為了讓你讀一本書？錯了，你是書，我會讀你，你得與眾不同；不容你庫存，或像回頭書破損，如果銷毀也要留下最後一本的版權頁代表你與我在一起過，儘管那麼多意義終將銷毀。

你錯了，當你叫我老鷹。你錯了，你叫我維他命。你錯了，你叫我歌德，但我是如假包換的靈魂。你錯了你錯了，我不是父親不是丈夫不是兒子不是前人或來者，我是劇情，你是來表演我的人嗎？我是工作的喜怒哀樂嗎？不，我是人生的作者。然而我不是自我完成的，我同時也是其他人的。

光年那麼長的淚滴一直落，不是天文可以偷看的，所以你錯了，SNS社群不是玫瑰，是小星球上的玻璃罩。小小星子正在保護你的愛，錯了，愛自體繁殖，你愛你自己，你刪除自己也是為了你快樂。月亮很美吧，錯了，是你的窗很美，你的窗維持了月亮。而月亮，讀懂你的細微身。

帶你到海邊

寶特瓶在海面發白，它們是潮流的小病床，鯨豚探望也只是喋囁不休，生之環境沒改善，何況還有廢棄的點滴、針筒，以及大型垃圾如意識形態。

匯率般的濤聲，船起伏局勢，燕鷗滑手機似的低頭不時跟另外的陌生燕鷗相撞，但牠們從沒忘記把浪扶起來、把海角拔尖。

黑法袍的巨岩，以海帶綠辯護幽冥，為偏見服務的紙月光游蕩又似乎陪審。……

你是看海的人，目之所遇非人。

豬年

早上用心完成了一顆露，豬圓欲潤，曩昔或來者皆無心說破。

阿宅長頸鹿自窗口探出，逆天吃了一架空中巴士，乘客都是虛無的，旅行是不會飽的；他們去那麼遠的伊甸園，不吃蘋果以及舊約的豬肉，只拍照、打卡，為上帝刷存在？

自書架上跳傘求生的傷殘漢字，趁假期以開放程式修復，龜甲卜辭浮現去日苦多。

妳的手指，修長白淨，早上用心塗上鬱灰指甲油，按下開機鍵，人間不斷重播賀歲片，金豬盡力跑出來向阿宅長頸鹿報喜。

陪著妳，妳一心草莽，阿宅長頸鹿協助四野放寬。

為成人世界大掃除

大掃除時移動幾個小決定，破壞三十三個秩序，拭掉該來的，不該來的微微起風了。最髒的地方在哪裡呢？一邊刷洗一邊用小心眼檢查過去一年。

今日是一個晴朗的除夕前，國師在網路預測豬年，遠近皆可透視自我，落地玻璃很開明，市聲在樹木和人性之間傳達資訊，為一整年費心廢言的流量大掃除，灰塵頗有微辭。

門聯正正經經左右平仄對稱，橫批如睡，樣子生死疲勞。

迄今日為止，徒勞是幸福的，五十噸巨石推上又獨自欣賞其滾落，以年計其反覆，自我找的就是幸福的。然而一片春光忽然卡住石頭，它自以為好心。萬物衰老並未因此改變，十七八歲的舊事也並未因此到訪。

今日市場開示，買花束，一副紅得發紫的春風面目；隔壁校園的旗幟喝飽閒雲和輕風，農民曆在唱歌，振動四界空污。

一本書安靜一下午，致敬單純。對過去一長串日子已經不感興趣的鞭炮，對年貨深表歉意的乏味之心，豬如此類，今日大掃除。

大掃除時，閉著眼收拾七雙舊鞋半個人影，對無用的尺碼、方寸和磨損一再謝罪。

好命等待團圓的這段時間，待婚的抱枕和棉被在陽光曬暖前，對完八字與流年。

到傍晚，心內有一個童年對陀螺胡扯，儘管今日茫於忙、贅肉團團轉。

歲次戊戌大寒

自網路劇情深泅回來，水面的花瓣恍神搖晃我，然後迅速冷靜，如綱領、如你交待活下去的要項。「看見什麼很重要，比我們在或不在都重要。」你說。

已經禮拜幾了？經濟沒站好，背影歪樓，面對遺失的時代，一早，咖啡苦勸晨鐘「麻煩再次有愛有祈禱⋯⋯」就這樣又活了你過的幾個禮拜。春聯一樣紅的薄情，眼看註定要走一條長長的鞭炮。

是該寫詩了，拿出雪窖內的白菜，筋骨皮都是恭喜聲，鹽已經不生氣了，忍耐的香味，充滿節慶。

舊事咬進新年，新衣是一套黑社會。今日大寒，掏洗白米，大同電鍋大同寶寶餓。歲時不斷後退，退至你打開的門⋯⋯

是該寫詩了，能夠使用的硬體例如手機、筆電、桌上型頭顱，心的外面一片打架，搶著把蹉跎拉出洞外過日子，像空氣一樣過日子。

日曆用很多紙張寫陰晴、寫殷勤的你，你太少，你太相信——春天不遠，然而它來了，也只是來了。

祝遠方吉祥

遠方有苦，有大尺寸鞋子踩過墳場、有小號衣裳穿在更小號的瘦骨肉，弱不禁風的土地輕易被削去一片血膚，惡太痴肥，苦太尖銳。

遠方有苦，豐富的烏雲駕駛一馬車死靈向聖地達達達而去，耶誕老人和麋鹿躲在坦克和目標之間的橄欖樹後面，嘗試著拋出襪子、糖果、小聖物。

邊界高牆掛著甩不過去的行李，天堂吊著沒丟準的嬰孩，光陰不得不偷渡，夜裡萬籟忙著受苦，而來不及受洗，月光滿臉履痕，花香用一筆數字買通末路，霧與霾對戰，以軍售而來的拳頭和千古人頭。

遠方有苦，失敗者笑笑打賭，從1數到3就會掉下炸彈？還沒吐氣1就死了，無量炸彈怒著掉下來，天空掉下來，阿彌陀佛掉下來，信仰掉下來，掉不下來的都是碎成魂魄的肉體。

一天一次煙硝發作，人子咳嗽，廢墟咳嗽，神殿陪著烏鴉咳嗽。受孕的火藥味，懷鬼胎的政治，進口無量壞習慣的資本主義……唉，吃銅吃鐵有苦，遠方有苦。

凝視雙手

凝視雙手，在多年之後，原來啊掌紋多次改變走勢，我卻半生徒勞盤算遙遠的星座，而那些可貴的老繭以山陵的力量存在於掌，當我軟弱，即失去掌握。

日子追日子，總是聽見「至少我們還活著。」了無新意啊，「不要再說『至少』了。」至少這樣、頂多那樣——活得不值的模樣。

我們都有想過要抵達一次盡頭，雨花於前世就等在那裡。

雜於思想中的白髮最近沉默多了，記住今日的跨年煙火就會記住今日的冷雨，雨的濕度剛好跋扈，想阻止我們無法阻止的激射與墜落。

隔了一段距離的呼喚比近在耳鬢還要來得落櫻繽紛。

凝視雙手，空蕩蕩的（有的因為放下、有的因為放不下而收納於心），當我們老了，我們肩並肩散步且不刻意騰出一隻手握著對方，散步向前即是親愛，周圍空氣清新地包容我們向前老去，往林子深處，尋找小蘑菇和紫花，往林子深處，拜訪修煉中的輕霧，拜訪一派黑幫似的水聲。以雙手掬霧掬水，絕不停止凝視和感覺。

估算成為一個詩人

「邊緣人也是外星人此刻就在比心思更深的地方等待我，像等待一次靈感。」

仙女座星雲指揮部訊息叮一聲，手機顯示：「奇異而古老的一介書生自大霹靂走來，有時氫、有時神。無法確定是不是你說的邊緣人或外星人，你說兩者長得很像。」

「灼熱、緻密、膨脹，像是猛然的句子，發生在細胞形成以前，早已註定好的了。」

但我們始終沒有遇見，無論直覺或者才華。

「小宇宙和小宇宙糾葛之中，我心內無數幽浮將貓叫撐大，那是一聲接一聲的密碼。而在小火爐旁，我順服貓性，舊年裡微光昏黃，時間比人類更早退休似的。」

「還有更偏僻的寂寞嗎？」

「還有更精銳的不思議輻射嗎？」

「宇宙綻放了，像我這樣一個小小園丁一顆星一顆星地播種，偶然流星喝彩，摺疊的黑洞在我心一直爆炸，平行世界裡會不會只是相反的複印？」

「我的靈魂無岸，彷彿銀河裡小舟孤身打横，姿態無邊，深層安靜。」

「估算成為一個詩人要前往多少次市場才能備妥宇宙食材炒作每一瞬的變數。」

「估算成為一個詩人要觀測多少光年才能得出一個數學上可定義的常數。」

並非學院的一棵樹

黃葉庫存一棵完整的樹，枯枝苦等（其心慢慢編輯綠，綠一點點綠一頁頁，一書楚楚如蜉蝣之翅），不為了什麼，順服自己、讀自己。

總有雪花在其上、總有孩子在其下，一棵完整的樹。

它並非一棵學院之樹，綠騎士不會經過。它通俗，它完整，偏老派。

十二月有人完整校對一棵樹，被校對的樹展開四面八方，風吹草低，校對出牛羊的問題，牠們在吃或深思？

「牛羊是內容，曠野不能只看數字。」一棵完整的樹這樣回答。

活成極少數的人，像風首刷，後來也多半退貨。

聖誕紅在這個月吃掉白雲，有一種大麻上升或維他命B群補充的感覺。

被季風摔角到一旁的髮，髮啊看見額角晶亮的小熊星座，陪伴單隻紅襪。

距離春天尚遠的你，煙火從一棵樹完整地聊開了。

你知道嗎

我的胸襟略低於枝頭的夜鷺。

無袪無鍊無佛珠無飾物的雪白手腕，刺青一圈蛛網，意思是我應該出手捕獲些什麼，在衣袖漸長的秋涼，讓世界體會蛛網，和手腕。

牛皮紙的信封上浮雕數莖形似揮刀的武士樣。古燈昏黃，一個歲數，餘額三隻影，幢幢心思都在信中說給你，很窮的嘯聲掠過窗外竹籔。

盆栽和天亮之間一隻母貓瘦了，輕易越過肥壯的牆。

我的胸襟在床笫起伏，鼾聲刁鑽，多方說服疲勞。

逝水笑笑離去

太安靜了，一早深入了秋，某某落葉斜度剛好地探問：

「渴望是什麼感覺呢？」

想你的時候涼了。

天空好大的神氣，怎麼就打哆嗦了？

你絳唇培育音階，你左耳傳來感性，你服飾擠出笑紋，你啊，你是被黃葉捧在掌
心的足跡。

太安靜了，空間將我弄出聲。

一下午書桌自動整理好撩亂的書，露出木質的品德，我秩序自己，以通俗。

並未打算去做應該做的事，隨性顯擺自己，在寒露。是否該買一座有擺錘的時鐘，左右左右，一頭努力就會帶動另一頭晃動，平衡了渴望……

「漸漸明白渴望是什麼感覺。」鐘面走到正點時分有故事響起。

心的高嶺，花豔著，藝術魯魯莽莽，碰碎青花。

「渴望啊～」想你的時候寫下一篇篇流水，水聲安排落花一日行程。

換季

光線柔情幫助俳句，風吹一茶新婚的菊。
老社區像小論文，樹們一念搖曳，葉葉想起枝節，於一天開始，日影如觀點。
黑鳥、白鳥清楚方位，雲沒有投靠誰。
心事與內衣在機器裡緩慢旋轉；棉被三張，枕頭四個，晾於陽臺。
陽臺的朝天椒紅了，金露零落，桂花開。
為植物澆水，沒有發生什麼。靜靜換季。

天靈蓋一片修剪過的小森林，桌邊一落地透明長窗。

桌上丘壑起伏的書，獸和字句隨便走走，野草其心勃勃，夢澤曖曖，眼窟生煙，知識長得像一個受傷的人，蘆葦輕扶它。

生物唧唧以身體磨利自己的拉丁學名。

沒有特別的意象，沒有特別的想法。

沒有什麼亮著的小話。

揉了麵糰，利用發酵的時間到戶外堆黃葉，用燒的會更快想你，卻只掃成小堆小堆，無所做為。

秋光老紳士，秋風睿智老奶奶。

秋天的樣子其實不像男生也不像女生。

做些超越無聊的神祕功課，度過上半生的上半天。

對了，你一大早順道送來的兩個酒窩，黑鳥和白鳥依約啣走了。

天空是一封長信……

我再揉雪白的麵糰，等一下在柴火細語中就會有你應該的香。

饕餮

把一個社會揹回家，放進烤箱，它在陶盤裡縮水，縮成小島，四周自稱堂堂七尺的浪，卻只是油水滾滾。

鹽與胡椒粒粒自危。

把一個國揹回家，如同揹著一籮筐廢棄的青菜，花了很長時間清洗和剝除，我綠了，不忍的根莖殘葉痛一下也就過了。

命中註定的鍋不會變成鼎，不會有詠頌的銘文，不會有先秦的吉祥話。

一個人晚餐，舌頭捲回器度，享受細碎。

一個人星星，風骨任憑，調整魏晉。

一個人慢嚼菜心，希聲、無形。

追劇

捷運停靠，人們紛紛走進影音。從第一個人到很遠那個人，很長的心事逃亡似的，一站又一站。

向手機低頭，觀看裡面，另一個世間。地下化的捷運窗外，暗中播放一格一格寂靜。

在每個停靠的地點，我都遺棄了上班途中的一集人生，但還有下一集，直到很遠很遠那集，故事中總有一些親切的怪物，陪伴我一站又一站。

一集又一集太熱血的人性、太甜的愛情、太心計的宮闈、太奇幻的物語、太動盪的商戰或巷戰，這些都是真的，我是怪物也是真的，忍不住四肢著地，在車廂內獸奔，但沒人在意，咸以為我是升級的影音。

的確我是升級的影音，在地殼和地核之間，獸奔千里，洞穿亂世，這裡比較自由，遠比地表自由，野性於此綻放初心。

追理想

都已經是很年輕的事了，幾次剪短髮和幾次留長髮的加總那樣，時間撩了撩就順過青春。轉眼，年紀來到這個黃燦燦的季節了。

你正在遠方跟秋天建立姊妹關係，雖然跟新的城市一點也不熟悉。

「都安頓好了嗎？」

「這裡有更多的人，大人小孩都更大聲講話，多麼懷念輕輕的耳語啊。」

相隔兩地，談起像我們這樣一個工作者……

「一個時間管理者最好身兼罪人。」

「一個鍊金術士最好身兼神經外科醫生。」

「戀人呢？」

「一個戀人最好身兼卜者，不然也兼具觀星職能。」

「什麼是重要的工作？」

「在秋天輕快走過落葉……」

「然後呢？」

「明白落葉會痛。」

剩下的

今天是禮拜日，是剩下的人生其中一個禮拜日。

或許明天仍是剩下的禮拜一，「剩下的」就不會有壓力，剩下愈少愈好——好到剛剛好：一心、一意、一點點。

剩下一點點，那是有餘、有情分，可以處理完也可以不處理，不處理也不會被嫌浪費。

剩下的，是多出的、多謝的。

即便，親情剩下接受與傾聽、愛情剩下愛的能力。

不成為剩下的菜，那註定變味。要成為最初的材料，材料是初心，即便剩下一些些，善用一些些新鮮的，新鮮的就是健康的。

剩下的，是生命中可收錄、也可不收錄，一開始，人生就是多出來的，每一天是多出來的一天，沒什麼好損失、好擔心的。

滿滿領受一天，過去以來剩下的這一天，例外或意外的這一天，怎麼相待就怎麼久遠。

研究者

屬於你的專有名詞流利如三跳四蹦的水漂兒點過水面，水花主義和蜻蜓派系，烏雲論戰與彩虹會議，還有大量註釋——你的年輕就藏於註釋。

羅曼史鍛造修長的肉體以及內在曲線。

幾張投影片亮著幾個革命女人，性與釐清，禮拜五，粉色時尚，暗中臉孔點亮網襪的夜空——這些就像書中之書，或有不解，只求一窺，染色體暫無究竟，大家在這房間裡重練男人女人，附帶其他。

框

同樣是三樓公寓，對巷那戶的老者，經常趴在窗框，像一幅畫，偶爾轉動頸部，打哈欠，抓抓白頭。

老者在張望，不確定是否也在傾聽。巷子裡的人車很少，很安靜。他是安靜的一部分，或者安靜正在雕刻他。

秋天的訊息愈來愈明顯了，他常望向巷口一株菩提樹，今日大雨，葉子洗得很清潔，像是儀式前的淨身似的，再不久，一片葉子就知會另一片葉子落下來，高處的葉子，跟三樓一樣高的葉子落下來，無聲無息——無聲無息，像一個老者鑲嵌在窗內很久很久，有一天也會脫落，飄去……。

「他為何不下樓走走？」我心想，框限在窗口就是他堅守的任務嗎？他每日固定時間趴在那裡，真的沒有理由嗎？「啊，是在跟天堂溝通？所以他本身就是傳送／接收器？」我吸完一支菸，老者恰恰望向我，一抹深意像幽浮，時停時飛。

親子疲勞

最近社區公園改造成一座熱帶雨林，遠遠近近的城市人瘋狂送小孩到這兒玩，誰也不明白這麼小的一座熱帶雨林像黑洞一樣吸納無數小孩。

把小孩丟到空中變獼猴，把小孩推入泥澤變河馬，小孩手拉手變蟒蛇，小孩吵出鳥，小孩格鬥一陣雷雨，小孩抓狂變猛禽，藤蔓間小孩重如泰山輕如鴻毛，小孩跑跑跑成獅子老虎金錢豹，美豔的毒花毒菇盛開夕陽，古木蓊鬱，怪獸長鳴……大人一圈一圈坐在熱帶雨林的外面和更外面。

大人闔上繪本，小孩瞬間安靜。

秋蟬叫得很晚也很累了，沒有一個大人起身去接小孩。

自己的網紅自己救

空氣微弱，草木微恙，我的網紅入秋了。螢幕裡寵物狺狺，倏忽吠吠亦廢廢地奔出一條大黃狗，追著短尾，繞圈圈轉得像木星。我的網紅更努力，繼續灌啤酒、填新詞、造新廢、搞新酸——那酸，恰恰提醒我們哪兒病了。我的網紅直播，繼續新秀、新促銷、新希望，新手段挽留那些粉——當讚歌如大隊兵馬撤離……曾經我的網紅帶來輝煌，也帶來敵意。最近我用C語言寫了一支程式修正網紅，他終於會落葉了，落完葉我的網紅會飄雪，也會高效率地為任何一個寂寞的人流淚，以數位影音傷心。

通勤

車過敦化南路就立秋了，樟樹們對陽光說的話，透明且綠，形影閃爍左臉頰。我是巴士最內在的一個詞，沿途振動地球。

用心敲敲鄰座的髮香，就有雲白目秒回：嗨，久違了野馬似的銀耳墜！嗨蘋果綠手機！

耳機連絡神曲駛上基隆路高架，秋風偏袒新店。

下高架經過白色恐怖景美紀念園區、莊敬中學，在工業區靠站下車，我大方走向民權路。

遠遠鴿子飛越慈濟醫院，百千劫的微塵追過一排羊蹄甲，扶搖而上大廈的靈糧堂。——禮拜二距離一生還很長。

公休日

早晨喝完咖啡，把垃圾分類、打包，是人就會流了一身慚愧的汗，窸窣聲在手中垃圾袋掙扎得像時間。

這是一個把陽光叫得鳥鳥的早晨，以為全世界都是亮的天？蔭影搖頭。

坐擁一切流逝，繼續敲字，刪除，敲字，刪除……。騰手把七月擺正，點臥香，一縷煙扶著搖搖欲墜的廳室。

鄰近的國中樂團正在排練，薩克斯風把念頭吹得青春正盛，學生在暑假和蟬鳴間長成，鳳凰花一年裝一次年輕。

松山機場起飛的聲音，高高的弱弱的，五十歲以上的感覺。

吉卜賽女子

吉卜賽女子攤開雲的手掌，端詳雨絲走勢，預測一隻老鷹從人臉正中央飛出——果然御風飛到最高處，老鷹怨言：「讓我這麼困難的，是老天弄綴了我本該勻勻吸到的泠然大氣。」

吉卜賽女子攤開雲的手掌，大篷車依循掌紋浪跡天涯一路承接懷疑，信念一縷一縷風化像我這樣一個頑石，直到解放了心中的潑猴。

與我無關的事

那些伸過來軟緜緜的握手總是嚇我一跳，「骨頭去哪了？」

選舉又到了，禮貌如爛掉的落果。

一日一日，壞天氣推下雲朵，「去和人間一起玩髒吧！」人間的惡卻是努力向上，
避開沒有骨頭的浮雲，去沾天堂的光。

忙碌

老花努力鎚薄夜色，叮叮噹噹的星子讓死神躁鬱不已。正忙碌，只有忙碌提醒我不會迷失，迷失是青春的特許行業。

忙碌，忙碌讓精神再度充滿骨肉，讓骨肉到最後一刻仍忠誠地完成我一個人的聖旨。翻開密密麻麻的行事曆就進入樂隊了，手指跟時間一樣撩撥著，從字跡和指針的方位開墾生活、演奏阡陌。我決定從最微小的事物啟動宇宙，即便宇宙是睡不飽的概念。

忙碌的時刻，我更知道我渺小，小到聽見露珠在草地尖叫，那是快樂，那是意義和證據。忙碌讓我不斷重擬秩序，忙碌讓我了解世間的病也是詩。

禮拜一之後沒有故事

是我太久沒有故事，一系列地沒有自己的樣子，單調中日日以社會儀節雕刻身骨，以工作安插呼吸之間，我在胸口日日敲紅磚，我在未來盡力古代之事。

惡意慢慢成為捷運行駛中的睏意，瞌睡一瞬驚醒，狗尾草根之味道瀰漫，是到三月的途中了，翠綠的蛇在年紀穿梭，形容消瘦。

努力生活，不為了哪扇面世的窗，是為了刺穿胸膛的一道光，光線速速下載中，萬象逐次更新。

運靈魂的河

實在不想再摸你的靈魂了，都是人與人擠瘦的靈魂，「無骨架、無血氣髮膚，只有靈魂有什麼用？」可是你一直說靈魂是重要的，你問我：「沒溫度的東西是否可以接受呢？」我說：「當然不！」「所以嘛，有靈魂才有溫度呀。」你說。

你是一條流經曉風殘月的運河。

「再摸進去深一點，會觸及花瓣和十七歲。」你說。

「摸人家的靈魂道德嗎？」我說。

我還是忍不住在你的靈魂攪一攪，小魚兒亂跳，到底有多少祕密急於長大啊。

你真的很古老，來來回回運啊運。兩岸楊柳話今昔，說歷史等於清淤泥。

我聽見東坡肉喊靈魂來了，一排懸鈴木喊靈魂來了，田田蓮葉喊靈魂來了，你就流過來了。

我邀你的靈魂一起逛湖邊，舢船與輕煙為伴。你的靈魂比以前禿一些、比以後肥一些。但實在不想再摸你的靈魂了，認真摸起來還是一樣沒有一聲晚鐘。

詩人幾何學

設定一個等腰三角形，未來的孩子乖乖站在中間，他會是一個有「等長的腳」的詩人嗎？重心、中心和垂心都位於頂點向底邊的垂線上，他會不偏不倚，純粹、嚴正，卻單調？

等腰三角形有一條對稱軸，星夜裡它把自己摺成兩個一模一樣的直角三角形，互相省視，哪一個是自己的內心呢？

「我是最少數的多邊形。」它說，在眾多形狀之中只是一個最基礎的晚輩。夜夜努力擺脫重心、中心和垂心，放手偏離，成為不等邊三角形，在最簡單之中採取各種內角和斜度，去看待萬事萬物——那時他會變成一個有趣的孩子，活活潑潑地超越任何一首詩。

不快樂

麋鹿：「我用蹄子打黑特文，草原瘋傳。」牠不快樂。

河馬：「我愛泥，若我張開大嘴，不是呵欠也不是疲倦，是想讓你看見我的深處。」牠不快樂。

斑馬：「月亮病成黃燈，我在荒原路口追隨諸多生命快速通過。」牠不快樂。

獅子老虎與豹暫停，野心不闔。蜥蜴經過一尾蛇，蛇仰天嘶嘶地說：「蒼鷹孤高盤桓世間，只為了看準移動的肉。」言下之意不快樂。

「江湖在走，靈魂要有。」毒蠍子說，說的時候只有牠不見得不快樂。

星期六有颱風

為風雨忙碌的花，出租敗葉給星期六，花與葉各懷心念。

鐵釘與錘子在空中鏗鏘論述，沒有一把傘好懂。

臺灣黑熊穿紅雨鞋，在心中踏水，鯨魚穿海，在床上擱淺。

下午四點零三分，古箏對蘋果綠說話，房間如新鮮人，十七滑音給十八，抑揚頓挫的青春，節奏恰好的她，點線香，健健康康的白與輕，用二十七分鐘注視灰燼跳下俗世。

「跟我談談明天以後，該如何？」

「何不在彼此的呼吸裡植樹，記得第一次採收的月亮有圓有缺，都甜。」

「睡了嗎？」

「不，靈魂在瓷磚打滾，跟貓玩線球一個樣。」

「剛剛打開電視，關心天氣，」浮貼在颱風眼的女主播被一聲驚世格言叫走，電視螢幕留下窄裙的輪廓，「讓我想到喜劇。」

小蟑螂威風穿過餐桌，桌巾是時間，收斂了一下，有一本經濟學課本在桌角。

彷彿萬物一起賽跑的風雨不知在吼七月、吼星期六什麼？

陽臺的花與葉寫了一封草草的信丟進客廳。

卷四

鬱金散策

神棍

雲來雲往行色匆匆，雲不知天堂有神——噢有神掉下來，或許失足，或許因著年輕愛玩不知道掉下來就回不去了……在人間，歷經八千歲的修煉，檔次僅僅拉回到神棍階段。

神棍在此世上班，菌一般到處生存，輕易就混到主管的位置。

每天，神棍一進辦公室就將肉體掛在衣架，拿出一張一張符作為小紙條寫下各事項請祕書傳遞給同仁：「今天下班改用靈魂打卡，注意一下螢幕顯示的死亡日期喔。」「把神案追回來，否則你就得變成供品。」「第三季的數字記得 Skype 一下媽祖。」「給每個產品一個法號、快遞改用裊裊的輕煙以減少支出。」……

神棍經常對著窗外發呆，雲來雲往，「雲啊雲，都歷經八千歲了，天堂還記得我嗎？打了手機也沒一個神來接，科技要發展到幾G才連得上啊～～」

曾經是神的神棍嘆了一口氣，轉身取下肉體，穿上，再拎起一公事包的符，推門出去接洽下一輩子那麼多的業務。

白雪公主的繼母說

彩虹消失是騙人的，每次雨後，遠遠看見妳坐在橙與綠之間，
妳亮黃，近乎獨白——妳正想些什麼呢？
以前妳總心煩，少女常常為了自己太老而心煩。
在成為妳的繼母之前，沒人知道我們已相識許久，久到不可能只有喜歡。
記得那一面會說話的魔鏡嗎？
它一直說妳是世界上最美的女人，我很開心它這樣說，
說詞與說詞的距離，中間都是魔鏡。
我假裝嫉妒，故意讓童話誤會、讓妳受苦。
以前我們手牽手穿越魔鏡，青春喊著魔鏡啊魔鏡，雨露就笑了。
送妳絲帶、送妳梳子，那是我們在野森林互相打扮的小物。
後來大家都說我送妳毒蘋果，不不！
只不過是一枚漬過大麻和蜂蜜的蘋果，那是妳最愛的零嘴，

妳喜歡咬一口就啄我一下，然後嚷嚷要跳舞，要我陪妳迴旋至天涯。
童話太累人了。妳躺在水晶棺，妳會夢我吧？妳夢的樣子依舊淘氣。
不久妳會醒來，按世俗妳將嫁給王子……
想當初妳闖入野森林與我偶遇，之後三日一約，順著基因、聽溪潺潺……
離開妳，我沒有說詞，歷經內心種種衝突，
歷經繞了地球一大圈之後，我沒想到會成為童話中妳敵對的角色？
今天，我被要求穿上燒灼的鐵鞋跳舞，再跳舞，
腦海卻浮現我們的野森林，那時妳只是白雪，不是公主。
哎，不知我外聘的七位刺客能否及時阻止有問題的童話？

二樓的浮雲

浮雲怎麼會降臨二樓呢？二樓層級太低了，一定是為了什麼原因。

浮雲禮貌地推開二樓面向庭院的窗，矮了進來，趺坐於六疊榻榻米上的小几前，几上水仙盆栽獨自怒放；靠牆處有暖爐、收納櫥和書桌，桌面除了鋼筆和一冊文庫本其餘看起來很乾淨，像雨過天青。

浮雲習慣在二樓整理和服，修補內衣，以及冥想。

這天，浮雲從二樓木梯下來，姿態有時不祥、有時盈盈瑞氣，每一步都難以捉摸，木踏板順勢輕聲說歡迎。

下至一樓，酒與俗世交流著，蕎麥麵、咖哩飯、蒲燒鰻、天婦羅，以及逆旅的散客，都聚在這兒；一樓除了三間房之外，主要空間作為營生的店面。

一樓，我在一樓廚房削著人生（浮雲型態的人生唷），我得削掉多餘的東西——最像馬鈴薯皮的是憂鬱，最像紅蘿蔔皮的是離愁，最像絲瓜皮的是夢想。

我邊料理、邊問浮雲從何而降？

「從天堂的第三十九班次，一座雌性車站。」

浮雲說話時撩撥前額，「您很在意瀏海？」

「嗯，我怕亂。物件、身體和心理都怕亂。我已經住慣天空，天空無常，但是，服貼和優雅對我很重要。」

「您來的目的、原因是什麼？」

「沒有，沒什麼。只是四處遊走。只是喜歡二樓——不會離日常太疏遠，也可以很快回到自我的小空間和小寂寞。」

「您不愛住天上了？」

「不。——只是，對於生命或藝術並不需要那麼大的空間，有框限才會專注於開展，我想，二樓的空間剛剛好。」

因為散客陸續進門用膳，開始要忙了，我放開手上削完的浮雲人生——他又回復鬆散的原樣。我說，「二樓等著您呢！」

「那麼，我先回二樓了。」浮雲彎腰致意，緩緩移動，沒什麼存在感似的。

禪師

昨天有人叫我，原來是，從唐代走來的禪師叫我，我請禪師不要見外就此住下（趁此良機習得以心傳心）。平常我去上班，禪師在家，運水、搬柴、拭月、挪雲，我問禪師：「虛空可曾對你眨過眼？」禪師回道：「你以為我會跟你打禪機嗎？」

我很喜歡書中常說的「於是他便大悟了」這句話，因花微笑，由笑開花，這不是我這個層次能了解的吧。

換個方式，我問禪師：

「昨天有人叫我，我手中那束玫瑰就開了，瞬即又謝了，許多花瓣紅紅火火逃走，其中一瓣頑皮地扯掉我衣裳的第二顆鈕扣，裸露出啄木鳥在我胸膛敲出的洞，洞裡住著四隻啄木鳥幼雛，凡我讀進去的文字，母鳥就啄去餵幼雛，我漸漸空了……空了。」

「前天也有人叫我，我一回頭就撞上了土星的腰，感覺一環肥肉，土星沾惹得我一身是塵、是水與冰，我像一億年那麼孤冷哪～～」

「禪師，你覺得這其中有禪機嗎？」「喔。你講這麼多是在等我對你大喝一聲、呼一巴掌或飛踢一腳，讓你頓悟嗎？」「那個……有人這樣說話的嗎，也太直白了，要幽微公案一點、劇情反差一點，你不是禪師咩。」「我是嗎？而你，你也是你嗎？」禪師淡定地繼續去運水、搬柴、拭月、挪雲……

九十歲要管管

那天我看見詩人管管在荷花池邊，對一隻青蛙畫畫，又在青蛙頭頂留白處寫下歪斜又剛勁不阿的詩，「那裡曾經是一湖一湖的泥土／／你是指這一地一地的荷花／／現在又是一間一間的沼澤了……」我瞄到前三行就已經打哈欠了。

「嗨～管管，您寫詩給青蛙呀～」

「你看，青蛙每叫一聲就吐出一個月亮，美極了。」管管興奮地指著夜空。

果然，天上有好多月亮，像荷花池裡的泡沫那麼多。

管管粗嘎著嗓門說，「你！再仔細看，有看到什麼？」

「咦，月亮有尾巴耶，那是蝌蚪吧，或某種發光的生物？」

「不對、不對。」管管搖頭，「你想像力太寒磣了。」

「那，您說那是什麼呢？」我以為管管一定會說「那是詩。」

結果管管卻說，「那是鄉愁。」他強調，是坐著花轎來的鄉愁！

「管管，那麼多月亮應該管一管。」我說。

「俺管管可不管。一池一池的月亮在全世界，吾心中就有一屋一屋的荷花了。」

「管管您說得太跳痛了，一湖一地一間一屋感覺好多空間，難怪讀者始終無法跟詩人相遇。」

「青蛙會了解的，青蛙就從不擔心荷花那麼多，你也不必擔心月亮的問題啦。」

「但夜空擠滿月亮像話嗎？再不管一管那麼星星怎麼辦？」

「不是每個人都看得見青蛙吐出的月亮啊，只有詩人才看得見……何況一夜空一夜空的月亮轉瞬又會變成一青蛙一青蛙跳進一池一池樓房的夢裡了。」

「啊？您說啥？」我黑人問號亂套了。

管管哼著小曲兒，解開他的馬尾，灰髮散亂風中，他慢悠悠捲個像二月那麼細腰的菸卷，叭噠叭噠抽了兩口。青蛙嘓嘓嘓，一聲一聲繼續吐出一顆一顆月亮，「啊那是管管您的鄉愁……」「非也，那是一歡笑一歡笑的露珠。」

微信洛夫

你是洛夫。你傳來的洛夫怎麼一下老了？微信上貼圖正微笑，髮是宣紙，西裝有書法的樣子。

月光的房子裡，雪落無聲，漂流木沿你靜脈形而上直達胸骨列隊的卷冊。

手機的石室傳來槍彈論戰，螢幕顯示你在線、在雲端——不知天堂此刻風光好不好？不知魔和神相處是啥情況？

風中枝葉的態度，介於挽留與推辭；空氣虎虎地領走你，你留下三月，春天是最後的版本。

你是年輕的洛夫嗎？你傳來的洛夫是從遙遠的創世紀傳來的。當年所有的意象都需要暴力，禪是鎮暴部隊，這樣面對、這樣抵抗白色時代。
現實的風不知因為什麼緣故突然柔軟，也許漸漸老了、漸漸透明了。

我在微信問你是否有新作？

「近年寫詩甚少，不足以
成集，年屆九十，
最後一本不知何年月
才能面世。恐有負厚望也。」

我又問你，回來了嗎？

「對不起，我忘了告訴你
我早已回到台北了。主

因年邁體衰，還是早日
歸來吧！」

這是你傳給我，最後的微信。

我沒那麼熟悉你，你是洛夫嗎?螢幕顯示你在線、你在雲端——你離開人間一個月了，我於微信輸入：

「請問……」字未打完，這次竟然是手機鈴聲響起。

「喂我是洛夫~~」湖南口音，天使以涅槃燙平。

大師

一年一度的國際書展，諸多大師橫躺於書堆，一字一句細密組合的身體，我問正在攤位值班的一位自家編輯，「你也有看到大師吧？」「有耶！但我怕被以為是神經病，不敢說出來。」「所以不會只有咱倆看得到那些大師吧？」「有可能！」

「這裡躺著多少大師？」「自己數吧！有本國、外國的身體，或翻譯自外國的身體，很多被壓在下層，這國被那國壓在更下面，別說國格了，大師連命都快沒了。」「嗯，書展結束後，大師們會更受傷，到處是折扣貼紙的咬痕，都將變成回頭書了。」「不過大師的心靈是經典的、純淨的。」「不談這些了，你聽聽大師的呼吸，再聽聽自己的呼吸，在呼吸的交流之中，世界成型了。」「世界讓大師精疲力竭吧！尤其是文學類型的大師……」「這世界已經成型了，但我們呼吸卻微弱了。」

這是最後一天即將撤場，我和編輯準備將大師的身體從灰塵裡拖出來，「都壓扁了、斷行了、掉字了、髒污了，甚至句子裂成七五折六六折，慘不忍睹。」編輯紅了眼眶說：「放眼整個展場一片狼藉，大師和即將或可能成為大師的孱弱之身體、身體、身體，蒼白近於透明，只有靈魂凝聚所在的胸腔泛紅。」

許多大師們逝去久矣，太有才華而自殺的為數很多，寫不出來而自殺的是少數（沒死成的又好死不死地安度晚年）。在死後的世界，大師們的面貌會停留在生前完成代表作的年紀，所以說成名愈早愈好，經典作品的完成愈早，大師死後的長相就愈年輕，雖然年輕也不一定就代表好看，很多人一定比較喜歡有點年紀的海明威那副硬漢的長相吧。「七天的書展中，大師們也會做些交流和寒暄吧？」編輯說「並不。」「為什麼？」「主要因為長相啊～～同為大師，但完成代表作的時間不同，以致跟彼此印象中的長相差異太大，不好辨認，大師也會擔心叫錯別的大師的名字，或者怕長相被狠狠比下去，較之才華被比下去還難堪。」

我發現有幾位大師躺在藍沙龍講座一角，隱約聽見：「——都是唬爛，文學歷史藝術科普財經生活書都是。」我問編輯「你有聽到嗎？」「好像有聽到『唬爛』……」我跟編輯悄悄移近，又聽見一位年輕大師（長得很像詩人藍波且腰間有一把左輪手槍）叨念：「寫作向來困難，因為人生經常叫人無話想說。」他忽然發現我和編輯，「看啥小！」他邊嚼著菸草說，「亂糟糟的年代……」話沒說完，因為撤展時間到了，所有的大師不待編輯去拖，竟然歪歪斜斜地站起來奔跑，像《屍速列車》或《李屍朝鮮》殭屍片裡練習了很久的演員，把我和編輯嚇得臉都綠了。

編輯轉身去打包了，我扛起一大袋折扣買來的大師——他們身體傷得不輕，在袋中化作一堆字和句，像打亂的拼圖，我回去得重新把大師拼湊起來，才能閱讀。「啊，我終於想通為何會場上的大師都躺著，因為，閱讀或被閱讀，用躺的最舒服了。」「不對喔~大師是在暗示大家一起躺下。」「一年一度大家來國際書展集體躺下嗎？」「嗯啊，大師們向來都別有深意……」

陰影香

電視正在直播長達十三天的「慢電影」，主角是一片陰影凝視另一片陰影。

「透過香味，我知道妳，妳知道我。」香味可以描摹形象、情緒和想法，香味讓我們的愛如此具體。

昨夜，我在山楂的基調中聞到幽微茉莉香，茉莉香的前味還有橘子香，我想像妳穿著浴袍，仰望慵懶的星光。

第三天我聞到久違的經典款，前味是玫瑰、中味是紫蘿蘭，後味基調落在松木香，想起這些年來，我們穿上香水後就變成幹練的女人香。

檜木香如野獸出沒於妳的肩岬，淚水交纏佛手柑，眼眸深處悠然拋出雨後新鮮微辛的荳蔻，我問「妳還好吧？」妳說「突然肉體鬱金，是一種對歲月與空氣都不爽的感覺。」妳的口氣突然又帶有麝香的成熟韻味。

第七天，聞到妳杏桃果香之後是稀微的七里香，「青春我們都回不去了。」我以虛空的黑，張臂求索向妳；而妳回應一片深淵的黑。我們是兩片陰影，彼此觸及不到，只能以香味感覺存在。

第九天我問妳，「妳覺得最想念的是什麼？」我以為妳會說乳香，結果妳說是彩虹。「妳繼續寫作妳的《香譜》嗎？」「對，那是網路專欄。」妳已經寫了好多年，妳說，「未來會寫到四卷，包括——香之品、香之異、香之事、香之法。香味是我們的語言，香味是我撫觸妳的方式，也是靈犀的相通，女人對待女人的方式。」

直播最後一天，陰影對陰影，彷彿什麼也沒發生，「然而我們彼此撲倒香。」妳說，「愛是我們自身的陰影，充滿香。」

蛇在草叢注視

小青蛙獨自蹲在池塘邊，夕陽映照小青蛙背上起伏忐忑的肌膚，「滑溜溜的，摸起來像富貴的絲絨，」小漣漪接著跑上前提醒小青蛙「別落單，要注意蛇啊，雖然牠瞬間撲向獵物的身段是正直的。」一旁的倉鼠插嘴，「蛇吃食從來都是為了其他目的，並非肚子餓。」小青蛙問，「這話啥意思？為了品嘗嗎？但牠都用吞的耶。」漣漪下一波又說：「蛇打自你小青蛙仍是一隻小蝌蚪的時候就在池塘邊觀察，這該有多大耐性，當小蝌蚪冒出四條腿的時候，我偷看到蛇咧嘴笑了。」「笑了？」「是的！蛇呸了一聲『荒唐』之後就隱入草叢。」小青蛙不解地追問「為什麼?!」倉鼠像智者緩緩說道，「就我打聽到的——以蛇的概念來說，四肢是多餘的、未進化的，四肢跟移動無關。」小青蛙說，「蛇的想法極為排他性，太像極端保守主義！」倉鼠說，「不，應該說太像欲望，所以格外殘忍，而且這世界不單只有蛇有這樣的想法。」「喔對了，剛剛講到蛇吃食從來都是為了其他目的？」小青蛙問。倉鼠回道，「舒壓啊，蛇妖在希臘語中有『食道』的意思，吃食可以釋放壓力。」小青蛙這時望向夕陽，若有所思地說，「蛇的吃食是一種自我訓練吧～～你不覺得嗎？牠吞下的，遠遠超過牠需要的，牠訓練野心、開拓本能，牠從未想過自己是否吃得下，卻去吃了……這就是為何牠能夠成為神話學的重要符號啊，有野心才能成為憎恨者、有野心才能成為守護者。」池塘很平靜，平靜得彷彿神祕的祭祀，而池內始終包容著無數蠢動的、想像力的小蝌蚪。

神話課

神們坐在課堂，睏了也會偷看女神捧著仙桃經過窗外，或對著虛空點頭、猛打瞌睡。

神們打起精神！三三兩兩細語交換網購經驗，「天上一日人間百年，這對咱們是不敬的，試用期七天，退回人間就七百年了，物非人非，滄海桑田了。」

從神話（神的聊天紀錄）到歷史（創世紀後的人類成長紀錄），這些對神來說談不上知識。教室內，神只吸收、研讀混沌概念，或者討論個案。

混沌是大意象，個案是真實的小細節，神以個案臨床分析，用來支持概念。在混沌概念與真實個案之間，有著繁星般的知識，神對這些人間所謂的知識一點也不感興趣，那只是簡單的資訊而已。

別誤解天上。天上真的跟白雲一樣單純，神即使出社會或出差到另一個天國，都得定時上課（類似讀書會或人間某些宗教嚴格要求定時膜拜）。祂們隨機圍坐，中央有個鬧鈴控制發言或反駁的時間，說到激動處，人間雷雨交加，神沉默時人間晴空。祂們有神級的規定，必須終身學習，神靈無邊，學海亦無涯。

以前隨著禱詞裊裊而上的祭品或供品，總是慢吞吞的，但是等待也是一種美德。如今人間有了網路，神直接手刀下單，反正富貴如浮雲，更何況快遞這行業已達神速了。課間休息，仙女們坐在雲端或彩虹旁討論剛剛網購的時裝、新款星星耳墜、月亮項鍊、一切神級家用……。

最近透過網路而來的祈福以百千億增量，對神的敬意一切從簡，「人間 VS. 神」的新概念，正是課堂上最近熱烈討論的，八百萬神和人間萬物都是個案。是到了天上人間都要一起改變的時刻了。

臺灣獼猴馬克白

一群獼猴於樹叢跳來跳去，像在空中編織刺繡，瞬間又集體蹦至一巨型岩石背後悄無聲息、並單單露出了獨角獸的大犄角。

我對岩石的背後感到好奇，慢慢挪近，這時犄角上停駐一隻黑鳳蝶，岩石有純潔的花，花瓣底下一條毒蛇潛伏……我慢慢挪近、挪近，拿出我的手機，拍下犄角和黑鳳蝶，以及白花和毒蛇。

忽然，簡短悅耳的各式獼猴嗚嗚吱吱聲響起，獼猴們從岩石背後蹦出，橫排在我跟前，最前面的那隻母獼猴手中拿著犄角道具，我忍不住問，「你們在做什麼呢？」「嗚吱（彩排）！」「要演戲？」「嗚嗚嗚（對對對）！」「劇目是？」「吱吱嗚（馬克白）。」

後來我搞懂了，獼猴是想邀請我飾演馬克白。「那我的臺詞呢？」「嗚、吱吱嗚嗚嗚……」「哭?要我一直哭哭就好？」獼猴急著搖頭表示不是、不是!忽然獼猴集體以模糊的「擬人聲」大喊：「明天，明天，吱吱再一個明天。嗚嗚一天接著一天地躡腳前進，直到最後一秒鐘的時間；啊啊嗚我們的昨天，不過替傻子們照亮了吱吱嗚嗚的路……」

「噢我懂了~~要我唸這句獨白是吧，但劇情跟莎士比亞寫的一樣嗎？還是有改編？」「嗚嗚吱吱（獼猴一大串嗚嗚吱吱……以下略，大意是獼猴們偽裝成移動的樹林前進並攻擊，馬克白被軟首，首級將血淋淋掛在犄角上——『掛在犄角上』這結尾是獼猴新編的。）」

我轉身嗚嗚嗚吱吱吱誇張地立刻試演了起來，獼猴們咧嘴露齒，被我的政治動作逗樂了。

燦爛書

昨天我把家搬到夕陽之外。門號：四之一億。雲朵的臺階，通往上帝。打開窗常常聽到眾神爭吵。彩虹在後院，是孩子們的溜滑梯，從豌豆樹爬上來的傑克被巨人追累了也曾躲來我家後院。人類傳說的幽浮有次迷航飛到我家馬廄竟然產了卵，孵出四隻小巧可愛的神獸，後來變成我的寵物兼看家。

自從我家落戶夕陽之外，尋常日子我都在數顏色，一百一千一萬千萬而億，那是我的居家生活或工作——蒐集顏色，再以我限量款的金靴踢下各種顏色到人間，於是每一個人擁有一種顏色顯示他的脾氣、他一生的性格。

自從我家落戶夕陽之外，我的鄰居是臭氧、衛星站，隕石的路徑也是我散步的路徑，偶爾我會拐進蟲洞休息，在那裡摺疊我上班穿的襯衫和長褲。試射飛彈是最討厭的了，有野心又不精準，容易釀禍，也很吵。

這日我發現，下方的夕陽臥在淺藍床單上，像麻醉中的患者。幾顆先趕來的星星很擔心，一閃一爍陪伴著。當夕陽悠悠轉醒，遠遠地問我：「你在那裡住得慣嗎？」我答道：「覺得每一天都很短暫，只這樣。」

「是啊短暫，生而為夕陽本身也短暫。就因為這樣每一天我努力活著，經常以猛橘對抗靛青、對抗灰與烏紫。我真的想了解什麼是燦爛⋯⋯」

「噢，我搬來這裡蒐集顏色，就是為了燦爛！據說那是一種堅忍的狀態。」

「據說也跟我一樣是一種短暫的狀態。燦爛的瞬間，伴隨而來的——黑而且美——是更高的境界⋯⋯」夕陽說。

「你是指宇宙？」

「我是說品德。」夕陽邊說邊消逝了。

一天

今天早上，清閒的霧逛逛晨曦，手機萬年曆跳出穀雨。

今天早上一隻綠繡眼前來陽臺，幼楓、金露、朝天椒、桑椹、月橘和桂花在陽臺沒什麼高興或不高興，感覺日子總這樣，時間到了就天亮。

綠繡眼跟歲月一樣飛了。牛仔褲、藍T恤、麻灰獵裝，整好中年。一杯咖啡鮮奶，光陰滑過喉間。出門，307路公車一輛接一輛迎親似的，下車走路，轉捷運綠線，在安靜的車廂內以手機收信、瀏覽新聞，從帆布包掏出一本古籍，讀幾行，開始對當代發呆。

下車，又走路。到公司，刷卡，嗶一聲頓入空門，迎面書冊軋軋響，行政和雜念撲來，把昨日之日收進右側抽屜，和胃藥擺一起。我的世界開始運作。這個會議呼叫下個會議。

中午，便當後，太匆匆。跟馬路約好，外出洽公。跟人生約好，外出洽公。跟熱鬧約好……終於談妥一筆千萬孤獨。

下午只是努力延長上午。滿心的風在十六點鐘由溫轉涼。我繼續編輯鳥的簡單、雲的富足，回覆公文，寫信，喝水，撒尿，分神想想人生三兩秒，漸漸辦公室有宇宙健行的感覺。

今天比較晚下班，整個人複雜。下班途中買一瓶紅酒，路燈醉了，行道樹茫茫。307路公車低調奢華地一輛接一輛，司機們對別人的夜晚有什麼想法呢？

下車。步行上樓。進家門，點開手機郵件，邊收信、邊煮麵，晚餐和電視新聞勾肩搭臂，醜態百出。兒子女兒尚未返家，太太遠在德國出差，我一個人培養四月，用紅酒為多肉植物澆水，沙發在瞌睡中夢見腹肚起伏著遠洋鮪釣漁船。

書等待著古早的人

在一家百年歷史出版社的倉庫中，看到束諸高閣的整架子的書，倉管循著我的眼光，說：「那是五十年前讀者訂的書，沒來拿或查無此人退回的。」應該不會來拿了吧？都五十年了，「以前的同事問過律師，律師說最好留著。」恐怕連律師和訂書的人都不在了吧？我沒再往下問，心想，就留著吧，那是承諾，書繼續等待古早的人。但是占了倉儲空間都是成本啊，我終究耐不住說，這些書真的還要留？「不知道耶，等指示。」倉管人員答。有打開來看過嗎？我又問。「都已經是骨董了，這些不在每年的清點項目裡。」倉管應我要求謹慎打開一包，裡頭書頁很脆，不堪或不忍翻閱。

這裡堆積著情感，伸手可觸，亦可聞，我手指指點著一卷《臺灣森林史》的鉛字印刷，驟然頁面呈現透明旋轉的年輪，我的手指、手臂陷入漩渦，我感到驚慌，連忙拔出，這時我身邊紙箱裡的一千五百冊文淵閣四庫全書突然震動，百衲本二十四史、資治通鑑、古籍今註今譯、子書淵海、多彩的文庫本……像群鳥飛散空中，隨即全部翔入臺灣森林史的時光漩渦，整座偌大的倉儲全部空了，此刻，我聽見機器軋軋作響——

原先這倉儲是一家紡織工廠，紡織業沒落後被出版社購買做為書籍的倉庫，那些早期的工人、女作業員、領班都幻影般忙碌著，我沿樓梯步上二樓，一些師傅正專注裁縫或畫版樣，電熨斗的水氣氤氳了空間，我仔細看，不對，機器上正在紡織的不是布匹，是一頁一頁的書，永無止境的頁數，製成衣物，我拿起一件試穿，紙纖維服貼於皮膚，我感覺到字，不可計量的字蠕動、鑽進我的身體，字慢慢將我吃淨，我的靈魂像熨斗的水氣飄浮在一家百年歷史出版社的倉庫中，此時，我活得連一個字都不是。紡織聲似朗讀，以一種挑釁的腔調。

鬼魂

我跟著他上捷運，看親愛的他面無表情。

（這一趟路太熟悉了，約二十三分鐘後他會從某捷運站 1 號出口往他公司方向走七分鐘，途中每天有一些差異。他進電梯，九點零四分右轉走十一步刷卡進門，走向他的辦公室。從以前他就是這樣的人，少有變化，也是個路痴，不太敢四處走走。）

我跟著他上捷運，看他坐在靠門位置，從背包拿出筆記，想著什麼，然後直視對面座位上一位戴口罩的女人，我順著他的視線也直視那女人（那女人沒什麼特別的啊），他出神地注視，彷彿深陷回憶，筆記陡然掉落，摔出一張小巧的舊照片，我急忙伸手去接。（照片穿透我的手掌掉在椅子下方，他彎腰撿起筆記，顯然沒發現那張照片。）他將筆記收入背包，並順手取出一本包覆書套的詩集但沒讀只是發呆，他已多年未曾興致勃勃地在捷運行駛中寫詩了。

他以前也會筆記每一站進出的臉孔，「有些臉孔是複製的，有些明顯不是地球人，」他曾這樣告訴我，「外星人最多的地方就是捷運站。」我問他是怎麼知道的，他拿筆記給我看他精細手繪的圖，說：「例如這個，明明前天昨天今天都是同一個人，但頭不一樣了。」

他獨自一個人太久了，表情愈來愈少，他不知道我一直都在。

他不知道古亭和景美那兩站今天各發生一件跟他未來人生有關的事，他當然也不知道今天走出1號出口將遇見的驚人事件。我在他耳邊提醒，他只是撓撓耳根，斑白的鬢角更滄桑了。他昨晚還是喝了點高粱，身上有輕微的酒氣但得靠很近才聞得出來。

他現在失魂的樣子像機器在運作，如同捷運日復一日在運作。他經常忘了他還活著，也忘了我死了。

禁閉室

這是間廢棄的外島禁閉室，你承租下來，打理成一個人的居所。面海的三處機槍口裝上小窗，花瓶在欞檯聽濤，十一月東北季風呼呼吹，禁閉室外叢生的雜草已刈得差不多，視野遼敻，海天同時攝入瞳仁。室外的野貓像二等兵，看守禁閉室，而那些在時光中消失的人也許犯錯，也許不。

禁閉室裡頭水氣很重，你用漂流木打造桌椅，掛一些畫和書法，擺一些酒，你剛剛抽完菸斗，室內埋伏雪茄的氣味，「你都在想什麼？」你回說，「什麼也不想，以前想太多太遠了。」

你說你正在閉關，在自己一手打理的禁閉室內。「我正在練習如何重複過日子，一天又一天，我細細品嘗自我重複，重複是一件困難的事，總有無數細微的變化，例如禁閉室內光線有時提槍快跑、有時負重匍匐前進，濤聲有時像軍歌、有時像水鬼摸哨，入夜後，黑暗會自體塑造各種形狀，這些都會影響我的心情。」也就是說，「心情是很難重複的；我們沒辦法讓自己過得單調，因為人太豐富了。」

你在禁閉室內刻意練習重複，反覆操作像一個軍人拆解和組裝槍枝，你在同一個時間喝口茶、同一個時間挪動右肩、同一個時間哈欠，生理時鐘的每一個刻度你做同一個動作。你說：「被關禁閉的人如果這樣練習，就會發現，單調實難。」

禁閉室有古墓的情調，但人無法像死人。

有一天，你發現禁閉室下方有一條打通火成岩的隧道，你拿手電筒往下走，一隻很老的軍犬迎面向你走來，帶領你走著、走著幾乎是繞島一周那麼長的路，你走進另一個空間：虛擬的戰地、虛擬的人生，海與岩石論述戰情，煙塵和砲火緊張對峙，這裡已經是另一個世界，也可以說是另一個禁閉室。

你轉頭對老軍犬發出蒼涼的命令：「我們回去吧。」你和老軍犬往回走，一步一

步變年輕了——啊一個偷渡時光而來的新兵，曾經因著懷疑制度和抵抗時代而被
關禁閉的那個年輕的你。

當你一踏回你的禁閉室，瞬間又回復老態。

大佛和鹿

園子裡的鹿漫無目的吃著草，大佛看在眼裡。

佛對隔壁的佛曰：「漫無目的，是鹿古早以來的習慣，習慣往往透過秋天傳遞給下個秋天，跟哀愁一樣。」

鹿曰：「我跟千年的寺柱一樣靜好，梵音是一種可以休息東西，月份是一種可以喝的東西，風雨陽光是一種尺寸大於佛法的東西……」很多狀態對鹿來說都只是實用的東西，牠感覺到很多真實。

鹿轉頭對大佛一點頭、再點頭，似乎禮敬，又似有攻擊的想法。

寺中之佛，深色古遠，佛曰：「你們知道我受的苦嗎？」鹿低頭嚼草，感受根莖葉不同的口感。

鹿曰：「神大大，如果你當過鹿，就知道飢餓的苦。」

佛曰：「我不餓，但我吃些銀杏葉改善久坐手腳冰冷的問題。」

鹿曰：「月光乾躁之後而成銀杏葉，這故事你知道嗎？」

佛曰：「我只知道味苦。」

鹿漫無目的走過大佛旁邊，與天空掛勾的鹿角於每年春季自然脫落，佛心也正在脫落。

牆中信

這幢房子是民國之前建的，正確年代不清楚，經過整建重新裝潢，我喜歡樸素古味中加一點現代感，有文青風。

這段日子，我老是聽見牆壁有聲音。我注視牆，時有水氣，摸起來溫溫的，感覺是汗，汗滴會自動繞成一個圈，一直繞，走頭無路那種繞圈，然後消失。有時浮現煙熏的幽靈甲骨文字，又像楔形字，不很真確，都是刀痕的樣子，瞬即消失。又浮現、又消失。反反覆覆。

入夜我細聽牆內的聲音，頓挫抑揚，明顯是在朗讀，像在念給古老的誰聽，那聲音於嗓磁質的、發自丹田而又恩慈的。

我一點也不害怕，每當靜夜聆聽牆聲，反倒是一種安慰。我變得愈來愈迷戀牆。

我背靠它或張臂抱它；我額頭頂著它，有種被砥礪的感覺；有時我倒立腳跟憑觸它；有時我對牆大劈腿；我更常輕輕敲著它，每當我敲著它，它就更激動念誦，彷彿亟於告訴我什麼似的。我慢慢似乎聽懂了一些單字和詞彙。

我決定找水泥工鑿牆。

發現牆內有一封信，含在兩塊紅磚之間。我將信抽出，它一聲中槍似的慘叫。

信的內容，是滿清末年一封起義的書法長信，或可說是訣別書。

隔夜我回家時，發現信消失了。突然，牆一直一直展開，像卷軸一般，卷軸上的書法字放大，我讀著讀著整個人就融入牆，我變得沒有生命只有空間交織時間，卷軸瞬即又摺疊成一個等待穿越的黑洞，黑洞在我體內，我被吸納並穿越到很久很久以前的第十次革命，沒有成功，我跌回屋內的眠床，不小心手腳推翻一個枕頭和一襲夏被。牆恢復原狀。只餘壁虎尖酸地笑對中華民國。

工作室事件

一些同事，正在指認像我這樣一個死者。同事們不知道我正注視他們，他們猜疑我是被什麼利器切開的？斜斜對半，傷口整齊，優美，彷彿心甘情願。

我的靈魂正在檢查自己的屍體：

我的髮是逐浪者，浪打在頭蓋骨，激起許多飛魚般的短句子。

我的骨盆上方有殘餘如游絲的靈魂，它似乎長駐於此，我始終無法為它升職，讓它負責更重要的守衛心口的工作。

我在肺部豢養的獅吼已經是一部老老的佛經了。

我的胃正好被斜切一半一半，一半紅酒流淌一半寂寞未消化。

我的肝比我想像的還勤勞。我的膽很小，苦汁如夢。腎正在過濾情人之間不可靠的甜蜜。膀胱堅忍。大腸小腸結腸直腸擅於論述，很多贅敘最終被肛門放棄。主動脈是街上的遊行陳抗隊伍，對人生不滿。

我的四肢，噢，原來命運藏在四肢，藉由這次的死，我終於了解命運與行動的關聯，只有四肢行動，命運才能運轉，在死之前我一直以為命運無非是一種思考、感覺、玄學或哲理。眼前顯示，命運沒有捷徑，只有土法煉鋼的傻勁。

同事們仍在為我的死議論紛紛。

其實，真相只是下午四點四十九分，日照將我斜切，身體遂一半一半。

當同事們離去——黑暗將兩半的我，縫合！往後我會以殭屍的樣子混跡職場。

鬼屋跑步

鬼屋們相揪活活潑潑前去荒煙蔓草跑步，專心的模樣，影影幢幢。

許多屋齡隨風搖曳，野草從屋簷牆角冒出，蝙蝠蛇蟲之類蘊育內心，青熒熒的屋況，氣色著實不佳。

鬼屋覺得，經常鬼叫是沒用的，嚇人的把戲傷神，必須好好自我鍛鍊，即便沒心沒肝、骨肉離散，但鬼屋堅強，不想活得像鬼。

鬼屋從半馬、全馬直到環球，甚至挑戰險惡的極地，但不寂寞，一路上都有其他鬼屋加入行列，有茅造、土造、木造、磚造、鋼筋水泥的鬼屋，大噸位的岩石城堡也有，跑起來發出中世紀的聲響。鬼屋聲勢日益壯大，也捧出一些造型奇特的網紅鬼屋，成為熱搜的恐怖景點。

於是，開始有「人」喜歡住進鬼屋了。鬼屋們被改建、裝潢，以及不斷舉行一些保平安的驅鬼儀式。

然而，一日為鬼屋，終生是鬼屋，鬼屋跑步的興趣還是堅持下去。

整修後的鬼屋體內懷著「人」跑步，總感覺有異物撞擊，而且正在吸走鬼格魔性妖精怪力，「因為人氣愈來愈盛，就愈跑愈像個人了，唉！」鬼屋怨嘆，跑步的熱情漸漸消逝——這種感覺讓鬼屋嚇死了。

中陰

放一匙鹽在燙好的青菜，橄欖油點點滴滴都滑得很、盤算得很，唇舌要跳舞就跳舞，腳步固然土土，卻似菜根悠悠慢慢地向下深談。

置一枚方糖在傷口，吸收水分，傷口正要說好甜的時候結疤了。

你斜倚雙魚座休憩中，心是零碎的，蘋果手機滑動冥界，直到天空低垂，人沒電。

猛然月亮開燈，讓世間光著一身，可讀性、可讀愛。

你是為了紀念誰嗎？不，你是為了對話，當你滔滔，字語中努力游過來的標題，經常與內容無關。你聊著廣泛的感覺，逐漸、逐漸定義清楚你的追求。

似乎就快到邊界了，你在打算、也在等待，越過邊界就回到自己。

在下個生命來臨前暗香徘徊，並非不想投胎，而是曾經花過、謝過，在植物與幽靈之間，暗香選擇成為幽靈。

你所在的地方，是金星猶疑的地方。

花椰菜

花椰菜在牛肉的旁邊發什麼呆，或是在思考？意味頗深長……

醬汁看起來很累，癱在那裡，「唉，總是被混淆，誰不想有鮮明的個性呢？」醬汁有它獨門的心思，說是配角其實它才是全盤的重點，重點往往被忽略。

花椰菜冷靜觀察油膩的嘴臉，因為一些討論太激動，人們的口沫疾速向下撞擊，對純潔的瓷盤沒有任何歉意。刀叉有時插話提醒，被無視。餐桌微震微怒，被無視。花椰菜一副佛系態度閉目養足維他命與化合物，因為它們正在流失，就像人們也正在不斷交談和會議中流失。

忽然想起，花椰菜除了綠和白，最近市場看到有改良的紫色和橙色，像小丑的頭髮，「太搞笑就不像花椰菜了……還是低調比較健康。」好朋友甘藍一邊笑說，一邊閒看政論節目正吵著誰誰誰要選總統。

隸屬十字花科，花椰菜是有信仰的，儘管聖經不是純素的。

理念必須高纖低卡無負擔，才是人民要的。

苦守的夜

我把「安靜」取下，它變成一頭黑麋鹿，有巫師的神情，正高深些什麼，我迎向前去，牠鼻孔噴出煙霧，讓我心具體起伏，我感覺雙頰熱熱的，當黑麋鹿說了一段祖先的神話，關於戰役和反抗。我撫摸牠的皮毛如同撫摸深夜，牠的四蹄開蹬不斷發出卡夫卡、卡夫卡，牠犄角綻放豐饒的野薑花，突然奔騰起來，邊跑邊香，撞進月亮。

我把「憂鬱」取下，它變成水晶箭鏃，從來不知道它就埋在我胸口，千年不鏽的水晶箭鏃，每當憂鬱深刻時就有透明的感覺，原來才華都是受過受傷的，不是嗎？

今夜痛苦讓我心平氣和，我把「痛苦」取下，只有月亮看到我取下，星星則看到一點點，我不確定是否取得下痛苦，我尚未成熟到足以對付它。它是再生能力最強的竹節蟲、蚯蚓、海參、壁虎，痛苦也想堅持活下去。

我想把「念頭」取下，但取不下，它像蚱蜢、精靈、野兔、詩、鬼魂等等難以捉摸的東西。而且太牢固，像盤據廟柱的龍、像佛陀難以推遲的眾生、像我愛你。

凡人來了

岡山橋頭後勁、左營巨蛋凹子底……列車駛離，向日葵指望一畝一畝的光，前方美麗島到了，轉鹽程，向西子灣，可眺滄海。

心神跟隨你上高雄捷運，列車上修女、野鳶尾、胖大叔、隱士、劍客、阿桑阿姨和國家幼苗……其靈魂往南、往南。

你的手是空的，沒帶上伴手禮，但世界何曾對你客氣了？

白鐵皮屋頂漸漸黑下來。夜晚來了高雄，我不完美地跟隨夜晚來了。

不完美的夜，才會透露星光。

不完美的光，才叫星光（它一閃一閃像小燈泡壞掉）。

有些物種不需要光，於最深刻之處自己發電，創造。

過去的日子過去了，捷運一站一站，大年初二與幾座廟參詳，香火梟梟應答，靈籤繁釐，或許未來多福……

然而你信了神，你就只有神這樣一個敵人，其他皆凡人。

我心寫兮

晨醒翼翼，腦力彧彧，日出如赤騂奔向前方，我心寫兮，我心寫兮。

樹們睜開綠眼，于風中吶喊——有東西、有東西穿行斑馬線。

前往公車、前往捷運或地鐵站的不都是人？有的並不是。

上班途中，我放棄五十四分鐘，破獲九首老歌……我心樂兮，我心寫兮。

于四個會議之間，我飄過：條文事項報表數字入冬矣：一個外出動作，像偷生，搭上計程車，追！追不等同追求。

風衣載飛載鳴，亂髮如一封信。是日已矣！牛仔褲對待雙腿是哪種磨擦——鬆散、服貼或緊繃？棉質纖維混雜的灰藍水藍的思考是有破洞還是無痕？而襯衫軟弱，如民勞止。

匪兕匪虎，曠野若何率彼等天天奔騰？心之幽草輕輕卸下一滴露映現的大千，投身一牀淨土如同一段感情，我心蟲兮，我心寫兮。

微笑

花朵上住著一個「微笑」——長得像陽光的微笑走出花房，坐在花瓣上，蜜蜂嗡嗡問微笑：「看妳有點累？」微笑有時是為了忍受一些什麼，譬如仇或愁，微笑面對，所以微笑也不一定快樂。微風習習，微笑隨著花枝搖曳，暈暈的，一天過一天，難捱的時候，微笑跟毛毛蟲說話，「妳喜歡早起跟毛毛蟲說話？」微笑答：「毛毛蟲是最棒的傾聽者，牠只顧著吃綠葉，沒有多餘的嘴巴，我討厭聲音，但最愛看毛毛蟲專心滿足地吃吃吃……牠好好吃飯、好好睡覺，就自自然然成為一隻蝴蝶了。」微笑經常有些憂鬱，「妳每天坐在花朵上，好像在等待什麼？」微笑答：「我是在等待……」然後春天夏天秋天過了，寒冬來了——「啊危險！」寒冬摧花，花朵墜落！這時卻見微笑張開雙臂，「我就等待這一刻，乘著花朵像坐雲霄飛車一樣向下俯衝——」花死了，帶著微笑。

回憶在，世事俱在

那時獨自走在柏林街上，天色是臺北的樣子，三月末梢，雲朵專注於天賦的工作，對風的提問愛理不理。

街上漂亮的雙層窗，窗底下想必也有白色的暖氣管，桌上或有幾冊沉思之書。報紙上的難民問題愈來愈冷，文學也愈來愈冷，這是全球化的問題。

無聊這樣精美，路上的院子靜得興旺，草木蟲魚各自過活。

眾草舉著露珠照見搖椅上的披肩柔柔微笑，清晨舒服死了。

那時獨自走在柏林街上，隨手把自己的名字拋給鐘聲，教堂跳起來接住不小心的憂傷。

午時重臨舊市集，走很長的路刻劃記性，聖像在多元的膚色放閃，馬靴少女一逕晴朗。

腳力已經訓練一個月了，腿肚鼓得像愛情。

那時獨自走在柏林街上，乳酪，麵包，火腿，氣泡水；那時人與人性在柏林、在椴樹、更在歷史，天色有時不帶感情但其實很認真變化。

到傍晚，神與人子從大教堂下班回到天上，天色已經是寵愛過的亂髮，這時刻疲倦了、也就深深了。

民國人士

怎知墓草間的大人物如今都是鳥鳴，我啾啾回應又突然噗哧，自覺幼稚可笑，然而大人物和藹，渾不覺造次。

倚山面向臺北盆地，吉穴一聊就像老人說起往事潺潺。

陽光擦拭碑銘，在三月，好風如同三代好命，而此刻從沒見過墓地苔蘚這麼不會認字。山雀在墓旁竹篁交配，知更鳥矮矮胖胖，剛吃過蚱蜢，粉蝶雙雙像他臨終前隨侍的看護，大理石上年代重髹金箔，儘管已經沒有任何年代可以輝煌。墓牆被松根篡裂，燒紙錢的石葫蘆有傷。我肅立合掌、問候，可我們不熟。

回想那年代你多數堅強，但也曾有過軟弱？晚輩今日來此，奉上世事，而你回憶俱在否？

焚香閒聊關於近況：「某日，高幹們來參觀吾土的出版社，吾土派出一些雷聲大招待，窗玻璃的雨點也湊過來聊呢。悶熱呀，高層交流大氣瀰然，那位老領導說他編輯過一套雲，吾民就秀給他增訂的雲的一生證實大多在臺灣上空。臨晚，吾民與高幹們去吃飯，酒後歷史沒重點，彼此心力都花在講笑話。」

我帶來一把竹帚揮掃落葉，讓你想起毛筆而手癢，這些漫長的年歲裡你草擬什麼呢？今日松風一字一句將我寫得很好，你可好？文庫本版型大小的欖仁枯葉重重疊疊於階梯，走起來沿途都是你編輯的書聲，大部大部地存在卻不齊全。

卷五

興旺這靜

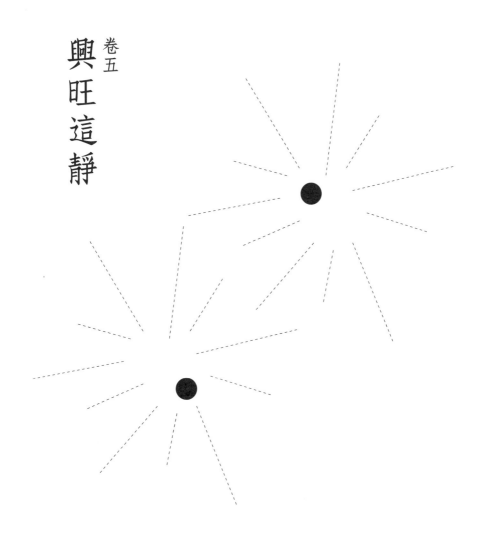

閉嘴劍

武林中盛傳，有一個高人很會閉嘴，臻至化境。

「不就是一個很簡單的動作嗎？不開口說話，就好了。」

「不，嘴巴是極難管理和控制的！」我們常常心口不一，或者不該說卻脫口而出——例如真心的廢話、講在前面的醜話、快樂的髒話、悖德的真言、滑溜可愛的謊言，又或暴衝出瘋話酸話鬼話放話大話奉承話……它們殺傷力驚人。閉嘴是一門絕學，失傳久矣。

「那麼，高人不開口飲食嗎？」

「據我所知，他在茅屋前躬耕了些豆類、野芋、紅玉米……至於他怎麼『開口吃』，江湖上一直是個謎。」

是日黃昏，荒郊野鎮，葉在風的身上悶悶地刺青，風癢癢地趴在枝頭給燠夏寫信，靜得出汁的時光中，一個閉嘴武林高手趺坐樹下，丹田真氣提至喉頭，熔岩般滾燙的一堆話語飽含在口中，他閉嘴（嘴角一彎忘情的微笑）鎖住，同時打開所有的穴位一個字語一個字語清清楚楚地釋放，咚咚咚，那些字語凝作大顆小顆的冰雹落地——接著他緊閉的嘴角再一撇一嘟，疾射一道蠶絲般透明的劍氣，身後巨樹應聲腰折，年輪汨出碧血。

二十年來修煉閉嘴，如今他即將登上至尊盟主。武林中找來搞笑槍手沒能使他開懷大笑、找來悲劇怪咖也沒能讓他號啕大哭，他緊抿的嘴唇像千年不移的磐石。觀禮的各大門派肅然、天地寂靜，目視他白衣飄颯走紅毯拾級而上，就在他玉樹臨風引袍轉身，坐上寶座的瞬間……瞬間長期以來飲食吃豆造成的脹氣送給他一個壯麗精實的響屁——他和眾武林人同時張嘴「啊！」一聲，伴隨昏鴉鼓譟，正當他羞紅著臉，所有廢話醜話髒話真言謊言等等……自七竅流出，破功之後他還原成一個嘮叨碎嘴的平凡大叔。

書店關門以後

有一顆星，躲在無人注意的角落讀書，在書店關門以後，浩瀚的宇宙沒有誰會注意到一顆星沒有歸隊。

小小的星，於暗淡而整齊的書堆裡小心地一閃一爍，漫漫長夜，憑藉自己的光，繼續將手上的武俠小說讀完，再蹦蹦跳跳到園藝設計類的書架取書，他原想找這一類的書，只是不巧先看到武俠小說就迷住了。他想在自己身上種些植物、做些亭榭流泉造景，因為他覺得自己太荒涼了。星星之間都傳說，地球植物有優質的靈魂。

晃到食譜書區，他沒看過、沒吃過食物，也從不覺得餓，他想：「我應該也有味覺，例如寂寞嘗起來味道就介於食譜中描寫的鹽和醋，只是我疏忽這項官能而已？」他用眼睛拍下食譜，或許等身上的植物長大了，就可以試著用來做菜。

微微曙光透進窗，小小的星警覺地避到角落以免被發現。白天星星是無法回去天上的，太亮了，看不到回家的方向，必須等晚上北斗和各星座就位及指引。

他知道有很多星星常會到地球的書店，星星總不方便在網路書店下訂單，然後寄送到宇宙吧？

最近倒閉許多書店，逛的人也稀少，樂得小部分激進的星星提前溜到地球，違反「必須在書店關門以後」的時間規定；絕大部分的星星仍是守法的，且嚴守跟人類保持友善的距離。

在書店關門以後，是星星耽讀的時光，讀到銀河都安安靜靜、讀到經常忘記回家，讓天上的媽媽都擔心了。

床的覺醒

所有的床都站起來，推門外出。

床們換上各色乾爽床單，褪去菸味、體味、沐浴乳或香水味，抱著各色絨毛寵物似的枕頭，行走街上，跟路樹打招呼，綠風襲來，床單性感地飄飛，仰望藍天，白雲對床睇眼吐舌扮鬼臉。

長期臥著的床開始學習散步、快走、慢跑，彈簧關節發出經年累月壓抑的嘆息聲、接著是喘息聲。

床走進便利超商，買了運動飲料和一份晚報，付錢時，從床底下掏出夢，各式各樣的夢是床儲蓄多年的財富，店員說：「夢沒辦法找零耶～～」床微笑道：「沒關係，剩下的夢你留著用。」

床的靈魂是從人那裡交換來的，代價是被人躺（奇怪的是身為人總是很容易累）。自從床有了靈魂，就想做自己，不想再被壓迫，重拾做為一張床的尊嚴。所有的床如今都昂首站立，大踏著步向屋外走去，不再仰人鼻息，大口呼吸新鮮空氣。

晚報上斗大的標題寫著「自從人沒有了床……」照片裡的人們四處坐著睡、站著睡，濃濁的鼾聲正瀰漫人類世界。而清醒的床，也開始有著一躺下就整夜失眠的癥狀。

藍天的難處

又高又遠的藍天胡塞了雲端硬碟到包袱裡，就匆匆出門，藍天腳步輕盈，心中的四季看到最淡。

蒞夜，藍天矮著身子進到一幢古代草堂，熒熒孤燈正忙著抄鬼而對藍天視而不見。「請問～可否借住一宿？」藍天問。孤燈頭也不抬地頷首，繼續抄鬼，且囁嚅著：「鬼上不了、上不了天堂啊。」藍天道：「你把鬼抄下來幹嘛？」「每隻鬼都曾有世間的難處，每一個難處就是一個故事。」孤燈驟抬頭，問藍天「你從天堂來的嗎？」「我來的地方又高又遠，但不是天堂。」「你款了包袱離家也是因為你有難處？」「唉，最近我跟那些東西處不來……」藍天回憶說，他的祖先是神祇，被貶謫到較低的空間，藍天位於神祇和人類之間，「那些東西」指的是飛機、無人機、幽浮、火箭、飛彈甚至飛船飛鳥，它們都像匕首將藍天穿膛而過，那是一種懲罰！「為何被懲罰？」「因為我頂撞了神，祂醉醺醺的，老是眷顧錯了人。」

「喔？……」「抄我吧，孤燈！我的難處不比鬼少啊。」

孤燈問：「你原本的職業是什麼？」「我是舞者，我擔綱獨幕劇的慢舞，有時人間飄上來的祈禱句也會爭相加入蹁躚起舞，但……這些年我愈來愈沉重。」「沉重？」「一種被忽視的心情啊，流雲和彩虹的角色太搶戲，神都愛看，但那是花拳繡腿，真正的平靜和感動是一片藍天！暗中的孤燈哪會懂……」

孤燈：「是不懂，我只知道抄鬼，留住它們的故事，然後好好過日子，等待有一天發表……發表後的故事就不再是鬼的，而是屬於讀者。鬼的難處就消解了。」

藍天一大早將幾隻飄來飄去的鬼儲存進包袱內的雲端硬碟，感覺鬼和自己的故事檔沉甸甸，藍天匆忙喝碗晨曦，告別一盞蒙塵兩百年的孤燈，離開草堂，且行且回眸，驀然望見一斜懸的匾額：「閱微草堂」也。

兔子睡

兔子：「我整夜都在夢烏龜會做什麼夢？」

烏龜：「我夢見另一隻烏龜，只是形象浮現很慢很慢。」

兔子：「烏龜也有愛情嗎？」

烏龜：「當然，只是醞釀很慢，卻心意很深。」

兔子：「也會分手嗎？」

烏龜：「我們感情釐清很慢、說再見很慢，等明瞭彼此不合適，時間就已經很老很老，沒力氣告別了。」

兔子：「你已婚？」

烏龜：「沒。但有喜歡的對象⋯⋯」

兔子：「你會夢見賽跑嗎？」

烏龜：「嗯，都是慢動作鏡頭，很像以前瓊瑤式電影男女主角在沙灘或森林追逐⋯⋯」

兔子：「我們得開始『龜兔賽跑』了吧。」

兔子跟烏龜賽跑的時候，兔子頻回頭，烏龜卻從不向後看風光，因為脖子得伸很長，太費勁，「也不是費勁的緣故啦，總覺得過去的風光，過去就過去了。」烏龜淡定說。

兔子經常在白天睡覺，夜晚較活躍，烏龜呵呵笑說：「大白天比賽跑步，妳當然會睏，啊對了，告訴妳一個祕密喔……」

兔子：「什麼祕密？」

烏龜：「當妳小睡的片刻，我並沒有一直跑喔！」

兔子：「咦？故事不是這樣的。」

烏龜：「我沒有跑，因為我覺得妳睡著的樣子超可愛。」

兔子突然臉紅：「呃，烏龜一直看兔子睡覺?!」

烏龜：「妳經常蹲著睡，神經質地瞇眼，眠很淺，有時會顫抖幾下彷彿夢見自己被追獵，或有時翻身一式貴婦躺。跟我們烏龜不一樣，我們睡覺時前腳會擺動，有助於呼吸勻暢，我們睡得很深，做著很慢的夢。」

「童話不是大家想的那樣，」烏龜說：「之所以答應兔子賽跑，是因為……我老早就透過閱讀而知道妳會在中途小睡片刻，我喜歡看兔子睡，卡哇伊捏，至於賽跑的終點根本不重要，若以勝負看待這場比賽，就褻瀆了愛情。」

兔子很慢很慢才反應過來：「蛤！」

熱筆記

紅色和綠色的郵筒受不了酷暑，躲在柑仔店屋簷下，旁邊有一張遺落的明信片隨熱風一跳兩跳三跳，想跳進綠色那個比較清涼的郵筒。

四隻土雞激進地經過郵筒，泥地上一列螞蟻緩慢行走如喪禮；旁邊是墓園，大理石墓碑燙而光滑，蜻蜓誤以為那表面亮亮的是水，它點水產卵在一行名字的結尾，略有焦味。

有一對粉蝶搧動一切空氣起義，周遭沒有任何風涼話。這一天不管多熱，都不會被寫進心寒的歷史。

渾身膩汗，心癢，夏天對耳朵騷騷地說：「我聽見……聽見你的念頭一組一組故障矣。」善念惡念停擺，心境像一隻老狗對著鄉村喘。點臉書，開地球，手機有手汗，汗混合沉重的訊息，輕輕分享我出去。

分享我出去，即時的肉體正以冰淇淋方式融化。分享我出去，即時的啤酒消遣胸懷。分享我的熱，即時出去，讓好友一起烤得更熟，更像蟬聲叫不出名字。

好熱的那年夏天母親販魚之後中午坐公車回家、父親販魚之後中午騎腳踏車回家，那年夏天我年紀小小就學會陪伴掉漆的門檻。

好熱的那年暑假，龍眼樹的心情被竹竿打亂，路邊一堆童年，都是龍眼乾的甜味。別人的庭院裡木瓜樹累累的、我的志向積弱不振的。歲月如芒果青青的、紅心芭樂澀澀的。

野薑花見證一溪的奚落，對人生，白雲寺的玉蘭能說什麼呢？窮的感覺越來越成熟、熱的感覺越來越世故。

蛋

今年端午節立蛋後，我以菖蒲在地上寫一句詩避邪（雄黃酒不喝，我屬蛇）。

每週六我上菜市場會買蛋，雞蛋為主、鴨蛋稍腥為輔，偶爾鹹蛋皮蛋鴿子蛋。兒子練健身需要蛋，我認識的一位抗癌醫生也建議每天要吃蛋。

我了解蛋黃，他夢想成為太陽，但大部分的人認為蛋黃只能像月亮，蛋黃說：「我有時也會軟弱，三明治一夾，就哭著流出來。因為這樣常被火腿取笑。」

我了解蛋清，他的任務就像羊水一樣保護著可能的胚胎，蛋清說：「我不想跟蛋糕混為一談。」

這些年，蛋脆弱過，內心的蛋黃和蛋清彼此也有爭執，但既然同在一個殼裡，就是緣分。每當蒸蛋，「我們和解，像意識形態一樣和解，為了來自同一隻臺灣土雞的緣故。」

水煮蛋的想法單純，我愛撒上日式泡飯用的梅子粉，他就有了酸鹹的回憶、金星般的感情。

荷包蛋比較複雜，不好溝通，他在煎鍋裡總是一副生氣的樣子。打蛋在熱鍋上，橄欖油相煎何太急？橄欖油說話了：——我愛蛋，每次我一愛上就身體發燙，瞬間改變蛋的性質，蛋在我的高溫擁抱中沉默，我發出蛇一般的嘶嘶聲將他吞噬，或許因為火的緣故吧。可是如果沒有火，油與水和蛋是不相溶的，那麼將如何達成愛呢？只是這愛太熾烈，「蛋愛我嗎？」油腔滑調只會傷他。總是來不及跟蛋說上一句話，他就已經變荷包蛋了。橄欖油很難過。

不開伙的時候，蛋也從廚房仰望窗外，一朵白雲像護士，推著天空進病房。

時光回溯截取軟體

島上開始流行一款手機，內建的時鐘指針逆著走，現實的生命每前進一秒、指針就倒退一秒，現實的生命每前進二十四小時、指針就倒退二十四小時……以此類推。時鐘設定以「五十歲」為基點，目標客戶是中老年人。為何是五十歲？因為是健忘症嚴重好發的年紀。

例如，你從五十歲活到了七十歲，那麼你的時鐘同步倒退二十年，也就是你在七十歲時透過手機連線可以看到你三十歲的影像。如果你活到一百歲，時鐘就等於倒退五十年，正好看到自己零歲剛出生時的模樣、看到你年輕父母如何歡喜寶愛你這個新生兒。

手機內建的時鐘是結合一組APP名叫「時光回溯截取」，你說像哆啦A夢的時光機嗎？不，你不能回到過去改變什麼，你只能在現世當下透過手機觀看過去，而且每個月要付費給軟體公司，「『觀看自己』也要付費」聽起來很荒謬，但事實就是這樣。

APP功能還沒利害到可以任意調整，例如你七十歲就只能在手機看到三十歲的影像，不能一下子就調到十八歲，亦即「你活多久、才能往回看多少」，公司也順勢推出個人化的懷舊商品、貼圖、長輩圖，七十歲老伯傳出的長輩圖是他三十歲和情人合照的長相，這讓老伯很驕傲，活得愈久，別人看到你手機傳出的影像愈年輕。

在愈來愈往死裡去的日子，更多中老年人低頭查看手機內一天比一天年輕的自己，過去那些快樂、懊悔、悲傷、寂寞、恨與離愁的種種日子也一一浮現。

原本因為五十歲以後怕自己健忘症急速惡化，才買這個APP，後來趨勢變成，中老年人「拚命長壽」只為了從手機看一眼兒時的自己、兒時的父母動態影像。

手機已經發展到人機一體，可以感測生命靈魂，你死的那一刻——譬如九十歲的三月九日死，公司會在網路直播你十歲的三月九日那天（和那個時代）的生活。

漸漸地，中老年人並不是因為害怕健忘而下載「時光回溯截取」APP，在島上變成一項「壽命競賽」，滿街灰髮白髮皺紋的中老年人，為比賽誰可以傳出更年輕的貼圖和影像而努力撐更久，把忘掉的往事都瀏覽回味一遍，這已成為島上五十歲以後的人們餘生最有意義的一件事，即便漸漸老去和死去是無法改變的。

賴在野外

雨後沿都蘭山路上行，經過各族所稱的「神的發源地」，我的手機 LINE 來長老的訊息：「請抬頭看雲 XD……」我看到誓言寫在雲上面，悠然一艘古老的獨木舟划過雲間、穿過彩虹，想必祖靈有元氣的啦。

我們在路旁小店休憩並午膳，陽光饒舌，小米酒是一瓶愛的學問……。三千世界睡在都蘭山一株紫色金露樹下，悶熱，山風寬容。

關於我的來生，長老 LINE 了附件，我羞於下載，不敢點開。

隨即，長老用大冠鷲羽飾的長輩圖 LINE 來兩句話：

「願你的詩像鹿兒樹一樣實用。」

「願你像野菜一樣勇敢。」

傍晚經過黑髮橋，橋上每一輛車每一個路人複製山高水長的呼吸，「活下去，信任活下去這件事。」長老這次卻改從臉書私訊我。我回一個大拇指讚。

我瀏覽長老寫在臉書的最新貼文，字體變大，意義變小，底色是海藍漸層。此時我正經過一幢巨大的紅頂違建，瞥見大門招牌「湾」這個簡體字，讓我更堅持繁體的美麗。「沒有一朵雲硬得起來」這是長老變大的字。

沿都蘭山彎彎繞繞下山時，想起長老的祈神儀式，會不會是一種建立群組的概念？於是我點開 LINE 傳訊給長老：「如果祖靈已讀不回怎麼辦？」

我晚上抵達台北才收到長老回傳一張祈神祭酒的長輩圖：「晚安，我的朋友。」很快長老又補一訊：「傳錯了。」

神演員與魔鬼演員

神飾演反派，為了理解祂自己的正義形象。

這日，神沐浴既畢，很精神、很尊嚴地梳了一款人間死前的髮型，穿百姓一樣的黑衣裳，祂抱怨說：「不好演，必須有新哏、新詮釋。」反派是更複雜的性格。

魔鬼飾演正派，為了體會它自己的邪惡人生。

「為什麼魔鬼的主詞不是用『祂』而是用『它』？」魔鬼鼻孔哧一聲不屑地想：「祂」有比「它」更高尚嗎？

這日，魔鬼邊抽雪茄，邊刮鬍子，隨意挽髮，穿一襲白衫，調整好鍍金的光環。有幾分藝術家的品質。

登台囉！正派的魔鬼、反派的神，演對手戲。——

神：「納命來！今天我不會讓你活著回去。」

魔鬼：「我已經下地獄了。」

神：「你找死！……」

魔鬼：「我已經下地獄了。」

神：「你難逃天網恢恢！……」

魔鬼：「我已經下地獄了。」

神：「你就這一句台詞？果然罪孽太深了。」

魔鬼：「你就這麼多廢話？果然太安逸了。」

神：「你有信仰嗎？」

魔鬼：「我用死亡來表達我的生命。你呢？你有信仰嗎？」

神：「……我，我一直被信仰。但一直無能為力。」

魔鬼：「你的愛，聽說很寬容？」

神：「沒辦法，天堂是這麼規定的。」

魔鬼：「聽說你沒有恨？」

神：「是沒有，但天堂充滿嫉妒，像雜草一樣心煩。」
魔鬼：「這些年，我覺得你清瘦了，怕是被人間連累的吧。」
神：「你古銅肌肉頗健美，有勞動厚？還持續在地獄種菜？」
魔鬼：「就自給自足麼！誰會送魔鬼吃的？告訴你喔，我還在刑場開墾了果園，種些仙桃和金蘋果。……哎說到哪兒去了，總之我覺得你演得很好，神天生就是反派。哈哈！」
神：「老實說，剛剛有一瞬間我覺得魔鬼挺正的！」

天空來找我聊天

天空來找我聊天。我說，「我經常抬頭仰望你」，而且發著呆不知道要跟雲聊什麼，不知道要跟彩虹、鳥和飛機聊什麼，不知道要跟心中的幽浮聊什麼？甚至不知道要跟路過的神和天使聊什麼？經常我的沉默銳利得像抗議。

天空：「身為天空，我是專業的。」
我：「哪方面的專業？」
天空：「天啊，不就是空！——空是專業、甚至境界。」
我：「你是指色即是空、空即是色嗎？太老哏了吧。」
天空：「不，我是指空洞。我學過心理諮商，很多人與天空講話而得到療癒，我太熟悉人們仰望時的空洞。」
我：「你採什麼療法？例如敘述療法、正念療法之類？」
天空：「回音療法。空洞有百萬種不同的回音，我傾聽空洞傳來的回音。」

我：「然後你化解回音？」
天空：「不，我帶回音到遠方四處走走，讓它變壯，回來後用它填補空洞。」
某日，天空下雨，雨忘了關掉昨夜鬧鐘似的，一直響一直響，回音繚繞。
我：「你哭了？這麼大聲的傷心。你也有空洞？啊～我忘了空洞是你的專業。」
天空：「唉我傷心的是，沒有天空下得來，太高、所以太寂寞。」
我：「專業都是這樣的。」
天空：「遼闊的時刻，經常也是獨自的時刻。」

養一箱喜馬拉雅空氣

好不容易攜一箱喜馬拉雅山脈的空氣，回到台北。

我在客廳清出一個魚缸給空氣住，並加以密閉，平常我餵它岩石、針葉林、冰雪、陽光、暴風雨。

深夜我靜靜欣賞喜馬拉雅空氣飄來飄去，我指著空氣說：「我覺得你很像鬼，但又不像，為什麼你總有一股難以形容的幽藍冷峻傲氣……」

我躺在床上有時會聽見登山者濁重的呼吸、枝柯滴水聲、動物交談聲，甚至偶然一次聽見斷崖雪崩轟隆隆，震動整間房子。

還有一次我在喜馬拉雅空氣中隱約看見雪女，這位山神的女兒出現時魚缸內就飄起大雪，她透明到與白雪融為一體。她出現的地方一下子在印度、一下子又大挪移到尼泊爾或不丹——這些地方是喜馬拉雅山脈主要橫跨的國度，雪女的出現，總伴隨梵音繚繞魚缸。

某日清晨，我發現魚缸結霜，將玻璃凍出裂痕，我用手指描畫那三條紋路，赫然發覺「這不就是源頭的印度河、恆河及雅魯藏布江嗎？」我問空氣：「你想家了是嗎？」……客廳靜悄悄，甚至過於沉悶，我踱過去開窗，吱嘎一推，哇台北的窗外竟然雪天雪地，不對不對，此刻窗外應該是不丹，因為一隻神聖的白羚牛與我對望，在不丹，羚牛是國獸，被稱作「塔金」，其頭似馬、角若鹿、蹄如牛、尾像驢，跟我一樣四不像。

魚缸裡的喜馬拉雅山脈空氣，撐開三道裂痕，飄出來在我臉頰吻別，唇瓣一觸，瞬間我就變成圓滾滾的雪人了。

沒有一朵雲需要理由

下班回家，我牽著一朵雲到公園散步，它忍了一天終於排泄陰霾，心中頓時晴朗。

平常我上班，雲自己在家挺無聊，我怕它失智、怕它瓦斯忘記關、怕它從天花板摔下來，我裝了攝影機，連線到手機，監視一朵雲。

雲無聊的時候在家分裂，像我的精神。雲有時躺在床下玩小時候的模型飛機，像童年時的我一直想飛；有時雲從陽台飄出去，跟路口的菩提樹聊天，邊聊邊在心內掉葉子；有時雲獨自去逛草埔傳統市場，它發現自己像海棉不斷吸收各種生物和非生物的體味，有一種昏眩的感覺。

我回家時，雲陪我看電視，它像懶骨頭或抱枕，讓我感覺人生是溫柔的；在我焦渴時，它也會擠一些雨滴到我的杯子；我心情不好時，它加了一道閃電，像高粱。

雲有時也會進入我的腦海說故事：從前從前有一朵雲……辛勤勞作，白天陪伴藍天、傍晚陪伴火氣很大的夕陽、夜晚陪伴月亮；有時陪伴長夏、有時陪伴嚴冬……我插嘴提問：「所以，你以前的工作類似看護？」雲自顧自地述說：每當偶爾休假，跟著紙鳶四處走走，或者獨自閒晃，思考著過眼雲煙的日子。

某日下午時分，雲查些雲端資訊，給我留了字條，說要離家一陣子。我立刻上網打訊息給它。

「為什麼要走？」

「沒有一朵雲需要理由……雲不應該停留，雲是跨文類、跨國界的，好嗎。」雲巴拉巴拉一串回訊。

「不陪我了？」

「雲不是來陪伴的，我一直想跟你澄清，雲應該被仰望的呀。」

「我會很寂寞……」

「哎……」雲離線了。

自從雲走後，我日子過得輕飄飄。我日復一日上班下班、電梯按上按下，直到有一天我恍恍惚惚直接穿透辦公室的玻璃門，那瞬間同事抬頭驚見一朵雲沿著走道向大家道早安、朝辦公室飄進去，打開電腦，卻呆呆靠著椅背望向窗外那些離家遠行的雲。

第五季與威廉

昔時詩人的作品中老出現「第五季」一詞，人間不是只有春夏秋冬四季嗎？

其實，第五季指的是一個平行時空的生態區，死後的詩人都到那裡，那裡不是天堂也不算地獄。

在第五季，天藍風爽、鳥語花香，生活悠閒散慢。每個死後的詩人都會養一堆生前寫的字當寵物，每個詩人都驕傲地認定他養的寵物字是最靈性、最血統純正、最能心意相通。生死以字相伴。

這些養得肥肥的寵物字跟詩人一起住在第五季的生態區，與宇宙萬物隔絕。

在第五季，字吃或被吃，就像蛇吞青蛙、青蛙吃蚊蚋、蚊蚋吮人血……字吃來吃去，形成一個生物鏈。

詩人們的字也有程度之別，共分十八層，上層吃下層，那麼最底層最不像詩的爛字，不就餓死嗎？錯！最底層的字就像瘋子一無所懼，所以最底層是第一層的天敵，因為第一層的天才最怕瘋子。

有一天上帝派了個「寫劇本兼寫詩」的人——名叫「威廉」，前來第五季擔任管理員。威廉的作品在他死後百年還被流傳，在悲劇和復仇方面功績卓著，他也是第五季唯一不養字的「詩人」。

威廉有悲憫和雄心壯志，眼看詩人玩字喪志，囿於平行世界的小小生態區，遂向上帝自動請纓來到第五季。威廉擬了一個「前瞻計畫」包括改變共生、寄生、共棲的生物體系，也調整陽光、水和空氣的比例，讓生態區產生斷裂，借此重新再生與再平衡，他說：「前瞻計畫的目的就是讓詩人進化！不要再寵溺一堆字。」又說：「詩人應該回到身為詩人之意義的思考，字是表象並非萬象，詩人要創造宇宙繼起之生命……」

「你口吻像政客似的。」沒有一個詩人同意威廉的計畫。隨即詩人們上街，大喊「下台！下台！外來政權！滾回去寫劇本！」

威廉站在第五季露天劇場的台上，大聲疾呼：「第五季的詩人們，要進化，進化是上帝的旨意。」

詩人：「那你說，詩人應該進化成什麼？」

威廉：「進化成『術士』呀！術士具有魔法、智慧、自然力……才能再創造、才能離開第五季這個舒適的地獄。」

詩人們撫著身旁胖嘟嘟的一堆寵物字，雙眼迷離，馬耳東風。

終於，有一個詩人站出來支持。威廉流淚說：「你支持前瞻計畫？支持我？太感人了。」

才一轉頭，威廉戲劇化地大喊：「上帝啊，我抓到了一個不是詩人的傢伙混進第五季！」

「為什麼說我不是詩人？」

「因為，詩人是不會改變心意的。所以你不是！說，你是誰？」

「……對不起，我只是一個『認真生活的人』，太累了……，我養的字都是為了激勵自己活下去的格言，不是詩句，死後我才想說混進第五季麻痺這累了的一生，我只是想休息……」

威廉淡淡地說：「上帝，請帶這位認真的騙子回天堂吧！」

綠繡眼與長頸鹿

長頸鹿跟我一起住之後，我發現牠開始駝背，畢竟天花板對牠來說太低，我說，「你沒事就到陽臺伸展，對頸椎復健有幫助。」

六月中旬，長頸鹿興奮地從陽臺跑進來跟我說，「陽臺盆栽的楓樹裡，綠繡眼結巢，孵著三顆淡青色的蛋。」我去探了一下，確實！我說，綠繡眼很敏感，落地紗門一拉就驚飛，你這樣頻繁進出陽臺可不行，會孵不出雛鳥，聽說還可能棄巢而去。為什麼選這裡呢？我會在陽臺吸菸耶，長頸鹿說，「有炊煙的地方比較有家的感覺吧？」不，我暫時得戒了。我說，也許人類的陽臺比起外面世界天敵更少。「那牠也太不了解人類了吧。」長頸鹿說。

長頸鹿說牠決定搬到陽臺和綠繡眼一起住，以免進進出出的。長頸鹿親熱地叫綠繡眼「青笛仔」，我說廣東人叫牠「相思仔」這樣更美，「是更噁吧，我喜歡青笛仔，就像他的叫聲。」「咦，你剛剛主詞改用『他』？公鳥？」「母鳥生蛋，當然公鳥也要分擔孵蛋的工作囉。」我問長頸鹿，「你整天跟青笛仔聊些什麼？」「我只是看他、聽他。我只問過他一句話——『鳥是怎麼進去蛋裡的？』但他沒理我。」

鶵鳥到學會飛要二十來天，屆時長頸鹿是否也該回去了，「你這次來台北也待久了點，雖然我愛你，卻怕你未老先駝了。」長頸鹿說：「我問你一個問題，為何我這麼大隻走在台北街頭，沒人對我多瞧一眼？還是說我其實是幽靈長頸鹿？」「因為大家低頭看手機。」「蛤？」「好吧我告訴你實話，你並不是長頸鹿，你是來自未來的『長得像鹿的人』，又叫『鹿人』。」「路人甲、路人乙的路人？」「是鹿人，也就是『未來的人類』，當代人看不見未來人這很正常。大家不是討論過長頸鹿為何進化長長的頸子嗎？為了覓食樹葉、為了『脖鬥』以爭取交配？其實都不對，鹿人長長的頸子是為了更接近天堂、傾聽上帝。未來，未來的罪惡更深，人類為了尋求心靈的安慰而進化成鹿人。」「那，綠繡眼會進化成什麼？」「我不知道，至少不必進化脖子，他會飛，本來就比人類靠近天堂，天使不也都有翅膀。」

長頸鹿跟綠繡眼更熟悉了，雛鳥從長頸鹿的頭頂一躍而下學習飛翔，長頸鹿說，「等小綠綠學會飛翔了，我就回到未來。鹿人是未來的人類……唉，不過我終於聽懂鳥語了！」「喔～那綠繡眼跟你說了什麼？」「吉吉～吉吉吉～～他的叫聲其實是一種卜筮語言系統（其中包括了飛翔姿態和飛行方向），那是對未來世界的預測，我想，我大概懂他的意思，所以也該是我離開的時候了。」「長頸鹿，你會再回來嗎？」「我在未來等你，不過你應該沒機會進化成鹿人吧，除非人類更迅速變壞更需要上帝。」

跟雪交往

像我這樣一個大正午，誕生於亞熱帶島嶼的七月天。我個性很悶，單戀雪。

我寫了一封耀眼的長信，請求跟雪交往，她不點頭也不搖頭，白了我一眼。

我專注做一些讓雪高興的事，例如勤上健身房，將自己鍛鍊成偉岸挺拔的高山，讓雪飄到無法無天；高山上有很多沉睡的靈魂，我揮汗開墾靈魂種植冷杉鐵杉，讓動物棲息、讓雪有朋友；我前滾翻又後空翻以取悅雪，卻常造成心情雪崩；我尊重雪的獨立思考，雪喜歡懷疑——每當春天誇張的來了，她冷對紛繽世界。

像我這樣一個誕生在亞熱帶的大正午，愛著冰冰的雪，以及她的聰明，雖然雪經常很殘忍，摧毀過許多人的穩定生活。她的銀白粉盒打開，有一枚極緻抗陽蜜粉餅，防曬用，我更難親近她了。

雪是有聲音的，興旺的靜，混搭持家的風。
雪是有味道的，綜合了大海的清晨和嬰兒的德性。
雪也是暴躁的，因著一片白茫茫等不到一雙孤單單的腳印。
雪帶髮修行，像坐禪在紅樓的妙玉。
雪擅長收納，總有許多人被找不到。
雪從舊石器時代就開始為枯骨理財，甚至積蓄了肉身和毛髮。

雪總是鍛鍊心智，反叛現狀，她說：「我不想做雪，我想成為抹香鯨，他們在所有鯨類中潛得最深、最久，也是最大的掠食者之一，我曾在極地浮冰地帶認識抹香鯨，那時他剛從水深兩千公尺處浮上來，跟我碰個正著。」也就在那時，雪趁機咬了抹香鯨一口，從此就愛上了。但抹香鯨只發出一連串的滴答聲進行回音定位，不理睬雪。後來，雪的寂寞也發展成大型掠食者。

「雪是不會跟我交往的。」大正午垂著日頭沉思：「我太內向了，電漿與磁場成型我的憂鬱。」

像我這樣一個誕生在七月亞熱帶島嶼的大正午，舔著義美鮮奶霜淇淋，念想雪的澡後，融融的身體。

外星來的瓶中信

今晚，她站在我床邊，沉靜地說：「我是瓶中信。」

「什麼信？」

「我是外星文明漂流到地球的一支瓶中信。」

「……」

倒帶一下。我是一名國際獨立記者，我的工作就是現場採訪報導。而她是二十年來我深愛的女人。

「妳說什麼？我聽不懂。」

她一貫微笑，慢條斯理地說：「你應該知道，我們此刻居住的地球正透過科技不斷傳送訊息到太空，這些訊息包括——人類各種語言的問候語、大自然的聲音、人類的影像、音樂、文化的演進、DNA密碼、太陽系天體的知識，甚至可笑的強國總統和聯合國祕書長的錄音等等……無非想跟外星文明溝通。」

她說：「我們都收到了。而你們也從宇宙搜集電磁波，分析訊號，找尋可能存在的外星文明，這些動作我們也一清二楚，雖然覺得徒勞，但也欣賞地球人的努力不懈。」

「妳、妳是外星人！……所以呢？」

「所以我必須承認，我們的結合一開始確實是有目的。」

「什麼？」

「我們外星主宰把我製作成一支『瓶中信』送到地球。你們總想像『有許多外星人』早已生活在地球，不，只有我，我是唯一的，在我體內有外星文明的訊息，但從有人類以來，我就在人海中漂泊，沒有一個人類發現我、打開我、閱讀我，多少世紀了，喔我有多少歲？這你就別猜了，過去現在和未來我都長這樣子，也就是你深愛的樣子。」

「我愛妳……」我囁嚅著。

「既然人類找不到我，我就自己找上門來。我也愛你，這是真的，但此外有一個重要的原因——你是國際獨立記者，必須到世界各地旅行、採訪及寫報導，而且你必須到現場。」

「這跟到現場有什麼關係？」

「你先耐心聽我說。每當我們短暫相處，我就會把一些訊息存到你身上，不敢太多，怕你承受不住，一點一點的，我有多少訊息嗎？你可以將我想像成每一瞬間不斷更新的大數據，整個浩瀚宇宙的文明簡史都在我身上。」

「正確說～～妳內在是一封宇宙數位化的信，妳身體就是瓶子（載具）。」

我接著說：「難怪我愈來愈喜歡天文，我到任何地方，只要抬頭仰望星空就感到無限安慰，不再畏懼，即便身處各國內戰和對外戰爭，我都無有恐怖。」

「你說過，不到現場就寫不出來。我透過你的抵達現場，將我體內的訊息傳遞到世界各個角落。你會問，為何我不親身傳遞？答案很簡單，因為訊息必須透過愛和關心的加溫才能轉化和傳遞。我知道身為為記者光有好奇心是支持不了一份職業的，你熱愛你的職業正因為你有愛和關心，沒錯吧？」

「我也不確定。」

「這二十年來，你已邁入中年大叔，你曾笑著說我為何仍保有美貌，我相信以記者的敏銳你可能在十年前就發覺奇怪了。今晚我說這些，你信或不信，反正都是事實。作為一個從宇宙瀚海漂流到地球的『瓶中信』，我的任務到期了，我接收的指令是，說服你成為『瓶中信』，你身上裝滿宇宙外星文明的訊息，我此刻只要吻你，就會啟動。如果你拒絕，就會瞬間數位化，而成為被人類膜拜的神祇（這是為了避免你跟人類接觸而洩露了我跟你說的祕密）。」

「我、我此刻關心的是，妳要離開我嗎？」

「親愛的，如果你的身體成為瓶中信，我就在你裡面了。」

「我還可以從事記者的工作？」

「你依然做你的國際獨立記者。」

「可是，聽妳這麼一說，我現在想成為『宇宙獨立記者』，我想採訪那個、那個將妳變成瓶中信的『主宰』……」

「啊，我忘了你有職業病！」

「我想帶著妳一起愛、一起關心整個宇宙。」

「呃，其實我今晚是跟你開玩笑的～～哈哈。」

「妳知道嗎，我之所以當國際獨立記者，就是為了到世界各地找出傳說中外星來的『瓶中信』啊！」

寂寞股份有限公司

寂寞股份有限公司嚴格說來是一家工作室，只有一個門市坐落在綠蔭扶疏的社區內，近四十年的老房子內部重新整修，外表像一般公寓民宅，門口有一塊很小的木頭招牌嵌進老牆，寫著小小的瘦瘦的「寂寞」兩個字。

「老闆，我買紅色魚蝶型NO.7那種寂寞。」

「夜用還是日用？」

「夜用，下班後跟客戶吃飯唱K那種。」

「午夜一點以前結束？」

「可能通宵。」

「那土耳其藍螺旋心型NO.8-3比較合適喔，用聽的擦的口服的？或者注射、貼片、植入？」老闆很流暢地詢問。

「口服。十二小時效期的。」

「好哦稍待，寂寞來囉～～」老闆利索地遞上。

寂寞常跟情緒鏈結，有一種哀傷、徘徊的味道，過往人們把它視為缺乏活力的東西，故經常想要排遣寂寞。然而現在，寂寞被證實具有療效，幫助人們思考、平靜和提升創意。

寂寞股份有限公司研究發現，寂寞是正能量，寂寞是黑中之黑的化學元素，它會代謝情緒且激發出肉眼不可視的微光。

在講究規格化與速度感的時代，該公司堅持純手工和個性化的製程。「寂寞產業」可以追溯到新石器時代，人們以寂寞擊壤，而舞而歌，透過吟哦的聲波傳遞訊息，與神溝通，最早的詩歌於焉成形。

寂寞有時以液態如釀酒的工法，有時以固態像製作硬質乳酪的程序，有時以氣態像香味的採集，有時透過特調而產生帶有純美詩意的絲綢觸覺，有時用煎熬的古老手藝而產生如同極光流動的聽覺。

有關聽覺方面，寂寞股份有限公司最近也開發ＡＰＰ軟體，以付費點數方式，成為產品的主力，透過手機下載寂寞，寂寞從聽覺進入腦內、再進入心的某個空洞位置。其他液態、固態、氣態的寂寞仍然與店面或宅配合作，產品項種類繁多，有塗抹的、口服的、注射的、貼片的、植入的方式。該公司也開設寂寞的課程，報名極踴躍，庶幾秒殺，講師是幾個資深寂寞的男女。

「寂寞為何成為消費主力？打敗快樂、歡笑、孤獨、悲傷、嫉妒、仇恨……等等各種產品。」

「荷爾蒙和基因正在進化，人們漸漸不再渴望性與陪伴，兩個人在一起不保證快樂，分手後的寂寞才是隨喜的開始。人們歡聚時往往更懷念一個人寂寞，寂寞才能安頓自己，寂寞才能感覺存在，寂寞時的蒼涼與心痛具有滋養靈魂的功效。」

寂寞股份有限公司目前的業務拓展領域，甚至朝向宇宙，提供無邊的寂寞。

宇宙獨自在舞臺上旋轉

劇團裡外習慣叫她小宇宙，她本名叫宇宙。宇宙喜歡跳舞。

宇宙鵝蛋臉，水靈眼睛，認真秀氣的鼻梁，身材纖細，手腳比例恰如詩句，舞蹈天生就是為她打造的，她肢體動作和思考一樣快，她很放，流星的個性！

宇宙獨自在舞臺上。起先，以大寂靜踮小步舞，接著星爆般大幅旋轉旋轉無止盡地旋轉，黑長裙、黑長髮，腰身起伏而手勢高低旋轉，髮旋轉、裙旋轉、腿旋轉，舞臺上方一個黑洞形成、陸續第二第三第四個……黑洞旋轉彷彿伴舞，宇宙以她的身體語彙述說微亮的、抒情的東西——

「最重要的是動作背後那個東西……」

「你是指能量、性靈、思想、情緒、夢或者即時的愛？」

「那個東西很具體，真正的舞者就是會知道。」

「宇宙為何獨自在舞臺跳舞？宇宙那麼開闊、舞臺那麼渺小。」

「因為你全神地渴望，宇宙就以舞蹈幫助你；因為你全然的真心，宇宙就以明暗、以旋律、以熱汗回應你。」

接著，名叫命運的舞者穿越時光上場。命運披一襲透明淡青紗麗，以原住民的踩腳節奏上場。

命運：「舞蹈不應該是用來緬懷的東西，我想擁抱妳，而妳突然……」

突然，旋轉的宇宙離心飛奔（瞬間與命運擦身爆出火花），宇宙一邊美麗一邊遠離，偏離方向往一片金色稻浪滑行而去、隱入夕陽、隱入黑幕。

劇場結束後，數百種人生走出別人的人生，在夜晚十點，西門町人潮也以寂寞的快樂散去，公車已經末班了，人生們想著剛剛的宇宙，不禁抬頭望著夜空，宇宙回家了嗎？
宇宙自劇場回家。梳洗後就寢，她喜歡抱著絨毛小熊，像抱著星座。

輕聲字

月光森冷，我負傷闖邊界。邊界不會是世界盡頭吧？這些年，內戰轟炸我心，一切想像一切思考已成廢墟，對愛的感覺已荒涼。

「親愛的邊界，你駐這裡多久了？」我由苦穿越苦，邊界為我擔憂、為我驚惶，命在狂奔，荷槍的士兵埋伏附近，紅外線不時掃瞄，「親愛的邊界，你的親人呢？你故鄉在哪？」

邊界說話時，一字一音之外，常帶有輕聲字，例如語氣詞：「走吧、好嗎、他呢、對啊、哭呀……」就怕太過抑揚頓挫的字語將心靈斬釘截鐵，就怕我再流血。邊界也愛使用助詞，例如「輕輕地、端詳著、再見了、親愛的……」語氣詞和助詞雖然不帶意義，卻有聲音的表情、語調的安慰，在邊界，輕聲字是需要的。

然而語氣詞和助詞是一群沒有陰陽上去聲分別的字，像難民——聚散飄搖，流離，難以承受之輕。

邊界指的是「之間」、也是「盡頭」的意思。國與國、區與區、政權與政權、心與心、愛與不愛之間有邊界。旅行的、生命的、宇宙的盡頭也有邊界。邊界是虛線一條，卻扎實如一刀。

我試闖不少邊界，邊界們常說：「我們不能自己移動呢，那是會發生戰爭的。」

日昨，邊界們聚在一起討論，「如果我們集體逃離，逃到宇宙盡頭，那裡是『邊界之母』的居所，有星群和大寂靜，所有逃離的邊界在此得到懷抱和庇護，所有死亡的邊界回到此地得著安息。」

「邊界們集體逃離（消失），那會怎樣？」

「還是一個地球啊，只是不再有經緯或實物註記。」

「會發生侵略禍亂？」

「那當然，人類不習慣無邊界。」

「如果沒有邊界……」

「那麼，地球的血統將全面更新，亦將誕生更優質、更開闊的人類。」

「沒有邊界……是不可能的吧？」

「『的吧？』……咦你也會對邊界說『輕聲字』了，柔軟舒服，雖然不帶意義。」

「哈哈，咳！」

「身為邊界——邊界是一種把世界關在外面的概念，邊界裡面是自身的牢籠，邊界的心也是難民，我們已經決定逃離的日期了。等著吧！」

美麗島

退休後，他本該像休耕地一樣平靜，手機卻反而響個不停，萬籟踏著鈴聲而來似地激動他的意志。

鄉親聯絡他，他聯絡正義。他擲下正在編織的晚景，一起走上街頭，「餘生不用來講理，難道要用來等死嗎？」可是面對黨國，大家都很弱，他也只剩下憤怒仍老當益壯。

快要登頂的歲數，像老厝前的肖楠，抽長得很慢，只有受到傷害才發現還活著而且分泌淡紅色樹脂。

昨夜他高血壓，暈眩難眠，今早他謝謝老天讓他醒來，醒來入城、走上街頭，在街頭他只想要一個真理。他與他的鄉親汗流浹背，前進、前進，熱血衝刺，他吶喊，聲量一度推倒整排官方。

前進，明明穿越的是斑馬，卻聽見家鄉的水牛哞哞叫。

獨角獸自總統府衝出，向他莽撞而來，他感到親切又絕望。鄉親有的躺下彷彿流沙，有的靜坐摺著島嶼上方的陰影成蓮花。突然他的手機深深響起那首歌：水牛，稻米，香蕉，玉蘭花……

再經過幾年，他更老些，擁有一個官方職位，他說，「哎唷這無啥物，爭差只有見總統卡方便啦。」他不必街頭運動了。

如今，街頭在哪裡？我上網搜尋，Google Map 上的街頭很安靜，大家都在網路走正義的路了？從民主在野，進入數位時代，政客擁有小編，反抗者也擁有小編。民主懶矣，不必街頭運動。

美麗島以世界精神懷想往日的街頭運動：棍棒，吶喊，青春，催淚瓦斯……

井

這口井，半夜在村子走動，含著寃。每當心中的陶瓶大力撞向水面，水聲撕裂倒影。

這口井襲一身霧，素淨短髮、蝴蝶夾，老愛對月說故事，「很久很久以前……」主詞飄忽，第三人稱充滿時間，「很久很久以前『他』往沙漠裡走去，為了尋找一口井，順路檢查骨骸萌芽否？一路胡楊深沉、多色澤，蠍懷抱毒性、兀鷹依舊任性……」這口井敘事有序，音調有苔痕「……然後『他』死了，就跟靈感一樣死了。」

這口井跟著也孤孤單單的死了。

多年後的今夜，井卻在村子裡走動，背後跟來許多生物：魔性蜥蜴、沙漠狼、狐獴、長耳兔、響尾蛇、蜘蛛、跳鼠，牠們陪著這口沙漠的井來到村子，為著長年來只有井對牠們不離不棄。

「聽說『他』還活著，就在這村子南邊廢園開墾，過著平靜的生活，連馬賊都找不到那裡。」

這口井背著一把硬木黃楊弓，「這把弓，是『他』藏在我心中緊繃的往事……『他』以前在沙漠常常說夢見大海，如今既然遠離沙漠，野村躬耕，集露解渴時會夢見像我這樣一口小小甜甜的井嗎？為何沒有繼續找我？」井微漾著哭過的一片月光。

啊，已經聽見犬吠和淩晨的打水聲了，「很久很久以前我們期待愛情跟著雞鳴醒來……還要繼續怨『他』嗎？天亮前我得做個決定，」這口井撫著弓，「這把黃楊弓上面刻有我的名——『#』字（hashtag），點擊可連結到我，『#』會標籤曩昔我們共感的貼文和記憶，點擊『#』，就會讀到心思，雖然看不到人——」

「我想放下怨了，都已經來到當代，當代的情仇恩怨都在螢幕背後，不時興弓箭，卻擅暗器，或動態表情符號！」井嘆道。

達爾文

世界的秩序是慢慢演變而來的，信仰是透過質疑而來的。世事一直這樣、這樣慢慢變得明智一點。

陰天某月，他已經老了，有過十個子女，有過平凡人最大的質疑，有過許多人為他爭論，而他害羞地不爭論。

神沒有原因地把他放在這裡，他是天擇的物種，基因讓他胃痛。

活著只為了適應所處的環境，不代表將會更好或更優秀。

小獵犬號經過夢與物質之間，他的年老正在輕晃，敏感而情緒的蠍子、禪味的大象都可以偵測他如此微小的震動。

他只熱衷於做為一個博物學家的專心。

當他年老，每天散步，寫些筆記，整理花圃，再寫些植物觀察，閱信及回覆，瀏覽新聞，午休之後，再寫筆記，然後結束一天。這些是心內安靜的事，不是「適者生存」的事，跟他以前所掀起的波濤落差很大。問題是，他並非有心想要怎樣，他只是觀察、思考和記錄而已，也就這樣一生，但他的一生跟別人的相較，落差很大。

生命的最後幾年，他全力研究腐植土的形成，以及蚯蚓的細節。

雖然始祖鳥與蛾補充解釋了天演論，但一切還有待探究，因為種種活著，仍然太混沌。

因排除而悟

因為我將冒險排除在外，我平安，平安愈來愈懶，對鏡——鏡子也懶，反映任何一個表情都沒風險、沒意味，愈來愈固定；皺紋安居，因為日子不會有突然的挑戰，但青春仍繼續流逝，流逝也懶了，因為我將冒險排除在外。

我每天擦拭單調，可單調不會冒出藍色精靈來實現願望，許願太冒險了，這樣會破壞穩定的人生。

因為我將否定排除在外，我一直回答：「是。」「好的。」「沒問題！」我不能有問題，問了問題就有風險，問號太哲學了，一旦哲學問我問題，譬如活著的意義是什麼之類的，我難免會心情不好，如果我動搖意志，如果我附庸風雅探尋自我，萬一我問「我是誰？」就陷入危險，將會改變此時此刻。

我甚至不想呼吸，冒險活著太可怕了，必須將活著排除在外，所以我死了嗎？一旦死了就不知道曾經活過，死了也太冒險了。所以我將冒險排除在外，讓你以為我是開悟者。

石頭記

「如果他沒死，那麼現在就不會是石頭，也不會被欺壓在其他石頭下面想著自由。」我對石頭沒有怨懟，它們只想在天下鋪排成道，或發揚為塵而歸於塵，它們只是完成了自己的任務。

不論在地球或水星、金星、火星，石頭最稀有的情誼是金屬，而金屬們袒露胸懷卻氧化了生命。

我把石頭遠遠丟去，那些都是——不需要的快樂、絕版的老派眼神、退流行的一口呼吸，以及多出來的自己。石頭飛過詞彙，被黃昏接去，一顆心慢慢暗下來，霧的重量終於大過沉思。

那些打頭的石頭，風安排了血腥味；那些打頭的石頭，只是為了探勘腦力。

石頭跟石頭說：「借過！」讓開的卻是伏流，根莖，鈣化的萬物之靈。石頭分裂成字語，比較硬的是論文和穿山甲，比較軟的是謊言和禮拜日。

真理是真正的石頭，石頭看不見自己粗糙或精緻、看不見自己獸型或人形，石頭看不見自己是石頭。石頭死了仍是石頭，比人頭聰明多了。

火成岩：莒光島

小日子，陽光巨大，曬恩愛的浪與浪誕生白犬列島。誕生這時九月，處女座，天空攤開藍皮證書，寫下：「莒光舊名白犬，東西二島山形如二犬，東島稱東犬，西島稱西犬，合稱白犬列島。」

白犬列島長大，擁有一身堅毅果敢的火成岩。

火成岩也有派系——火山角礫岩和凝灰岩，它們煽動花與樹主張版圖、開放態度。火成岩沒有一例一休，每天四處叮嚀海域注意大霧和命中的亮點。

有時火成岩以捕魚的手把混亂弄藍並且網開一面；有時火成岩以紫菜之忍耐、以蠑螺和花蛤之沉默對付命運的興風作浪；有時火成岩以佛手揚帆前瞻，心無計畫。

東犬西犬都說：「唉，我只是躺個樣子，就被說成白雲蒼狗。還記得……沒戰亂以前，我可以奔跑在浪花之上，啣海盜的骨頭回家，聽說我狗臉嚴肅，一副毋忘在莒。」

舢船駛過狗臉、駛過歲月而呀呼起伏，海海人生與火成岩，同島一命。

後記

一心草莽，四野放寬

經常，我也會想想寫作這件事，當來到了這年紀。

想說清楚一些話、想搞懂一點人生，實難，所以才寫詩的吧。詩精簡，不論雅緻和傖俗都得留有意味深長，讓活著有想像、有距離、有空間。

對寫作的意義，我已不像年輕時太有寄望。它讓我沉靜回味、讓我學著客觀和靜觀、讓我像詩一樣不評斷，或轉換角度瀏覽生活。文學就是日常，不渴求，不遺忘。

這半生，文字總在我生命中。嘗想，一個字如果單單只有它自己存在，辭典裡自會有許許多多該字的解釋和歧義，許許多多，像煩惱一樣；一個字要擁有明確或擴大心胸的意義，它必須在語言中被使用，跟其他字連結。一個字（或一個人）自認為有意義，其實意義不大。

由字組成的詩，亦作此解。詩不能自以為有意義，而是要與他人、與環境連結，至少要與自己的真心相連結才有意義。後來又想想，意義重要嗎？並不。有意思、有滋味、有感覺都比有意義更實在，尤其到了已經活得很淡的後段年歲。

二〇一三年的尾巴，來到出版業，深淺濃淡六年多，編書亦寫作，這期間我出版了《微意思》和《更悲觀更要》，然後來至《野想到》，邊寫邊徬徨，我內心並沒有什麼著落，寫詩可以跟自己、他者或外界有什麼深層的連結？可以帶給別人什麼？真的很模糊！網路媒體與社群時代，寫作者寂寥得很自然，太使勁追尋經常自苦。

原本寫了篇自序，想要說清楚這本書或我的寫作，後來作廢了，因為感覺像推銷員，有點瞎。

但請容我仍得「簡言之」。寫作《野想到》的初心，是要試著以「故事詩」進行，我想到法國十七世紀拉．封登的《故事詩》、二十世紀西班牙賈西亞．羅卡的《吉普賽故事詩》和《深歌之詩》、中國古代傳統樂府的故事詩或《莊子》涉世寓言之類，甚至細究「故事詩」和「散文詩」的差別，亦挪用微小說、隨筆、影像語言和對話體例等等。

後來發現說明都會是徒勞，等同框限在舞臺上。所以就回到這是一本「詩集」的基本概念，但盡量集中在「有故事」的觀點、諷喻與微言。全書約二百篇，原型是詩。我不在意貫徹「故事詩」這回事，跳痛者也有他的狂野美麗。

詩在野、詩在草莽，詩當然得茁長自土地，才能扎根、才能結實。這樣說，挺老派，不論我多麼重視字語的新穎，骨子裡還是詩心老派。

我寫商品、世俗、網路與政治，我也寫單調、多元、瑣碎與渾沌，我用我一個人耐勞的方式，從容、節制，盡可能慢慢處理我的想像與實踐、我的小宇宙。

或者，偶爾就讓這本詩集如一匹野馬奔跑，隨牠興之所至好了。

儘管我不知道再跑下去能怎樣，但什麼都不邁出去一定活得不像樣。我只能專注眼前，好比一隻想跑就跑、想停就停的野馬，在體力範圍內，以任性的蹄子向後刨著輕雨微霧的四野，或許蒼茫，或許心寬。

野想到

作者——李進文

社長——陳蕙慧
主編——陳瓊如
行銷企畫——陳雅雯、尹子麟、姚立儷、洪啟軒
特約編輯——崔舜華
內頁排版——張巖

讀書共和國集團社長——郭重興
發行人兼出版總監——曾大福
出　　版——木馬文化事業股份有限公司
發　　行——遠足文化事業股份有限公司
地　　址——231 新北市新店區民權路 108-2 號 9 樓
電　　話——(02)2218-1417
傳　　真——(02)2218-0727
Email —— service@bookrep.com.tw
郵撥帳號——19588272 木馬文化事業股份有限公司
客服專線——0800-221-029
法律顧問——華洋國際專利商標事務所 蘇文生律師
印刷——呈靖印刷股份有限公司
初版一刷——2020 年 03 月 04 日
定價——400 元

國家文化藝術基金會
National Culture and Arts Foundation
NCAF

國家圖書館出版品預行編目 (CIP) 資料

野想到 / 李進文作 . -- 初版 . -- 新北市：木馬文化出版：
遠足文化發行 , 2020.03
面；　公分
ISBN 978-986-359-769-8(平裝)

863.51　　109001180